Der Herzschlag der Zeit

Meinen Töchtern Anna und Mona

Thank's to all the good people who made me smile

Martina Fiedler

Markus Rehmann

Der Herzschlag der Zeit

Bibliografische Information der Deutschen Nationalbibliothek
Die Deutsche Nationalbibliothek verzeichnet diese Publikation in der
Deutschen Nationalbibliografie; detaillierte bibliografische Daten sind
im Internet über http://dnb.d-nb.de abrufbar.

Cover: Dietmar Welte
© 2009 Markus Rehmann
Satz, Herstellung und Verlag: Books on Demand GmbH, Norderstedt
ISBN 978-3-8370-3973-3

Es stank. Der süßliche, schwere Geruch nach Maggirohwürze lag wie eine gusseiserne Glocke über der Stadt Singen, schwefelgelbe Gewitterwolken pressten die Luft wie die stählernen Backen eines Schraubstocks. Dunkle, bedrohliche Rauchschwaden aus den nimmermüden Schloten der Aluminiumfabrik schwebten unbeweglich in diesem dicht gewebten Sud der Hoffnungslosigkeit und hinterließen einen metallischen Geschmack auf der Zunge.

Karl schwitzte. Kleine salzige Tropfen glitzerten feucht auf seiner bartlosen Oberlippe, sein T-Shirt war unter den Achseln nass, Schweißbäche rannen an seinen Beinen hinab in seine Holzclogs. Er war gerannt. Mit wehenden Schlaghosen, die Zehen verkrampft, um die Clogs nicht zu verlieren, die Levis-Jacke fest unter den Arm gepresst, war er geflüchtet, hatte Fersengeld gegeben. Das ganze Stück von der Bahnschranke am Berliner Platz bis zum Südstern-Sportplatz im Spurt – den Wald, seinen Wald, musste er erreichen, bevor sie ihn kriegten, die aus der Südstadt – wenn er den Wald erreichen würde, wäre er gerettet. Dort kannte er jeden Baum, jeden Strauch, dort war die Wohnung seiner Seele, dort im Schnaidholz war er aufgewachsen, zusammen mit ihnen, seinen Freunden, den Bäumen, auf ihnen war er geklettert, damals als Kind, hatte sich von Ast zu Ast gehangelt, hatte ihren Duft in sich aufgenommen, ihre Haut gefühlt. Glatt und hart die Buchen, rissig und spröde die Eichen, in deren Wipfeln er sich verbarg, zwischen goldenen Blättern schwebend über der nüchternen Wirklichkeit des Gelebten. Dort oben war Ruhe, Ruhe und Sicherheit vor den Menschen, nur leise wispernde Blätter, schaukelndes Zweigwerk und ab und an ein Vogel, eine Amsel, eine Lerche, vielleicht mit Glück ein Rotkehlchen, das neben ihm auf einem Ast saß und zwitscherte.

»Auf der Erde würde es vor mir fliehen«, überlegte er, »aber wenn ich so hoch in einer Baumkrone sitze, dann hat es keine Angst vor mir, weil Menschen nicht in Bäumen sitzen, also denkt es, ich sei ein Vogel«, und dieser Gedanke machte ihn so froh, dass er dann sang, damals in einer anderen Zeit.

Doch jetzt war er auf der Flucht vor denen aus der Südstadt. Wenn sie ihn erwischten, dann würde es Schläge hageln, Tritte geben und Schmerzen und später Schelte, zu Hause, vom Großvater, weil er sich geprügelt hatte, wieder mal.

»Das gehört sich nicht für einen Lehrling im ersten Lehrjahr, du bist doch kein Lausbub mehr«, schimpfte der dann.

Damals in einer anderen Zeit, als Lausbub, da hatten sie ihn erwischt, einmal, es war seine eigene Schuld. Sie hatten ihn gejagt bis in den Wald, doch er war schneller, flitzte zwischen den Bäumen durch und hatte fast den rettenden Hof erreicht, dort war Tabu, dorthin würden sie ihm nicht folgen, doch sein Hochmut, seine Häme brachte ihn zu Fall. Am Waldrand, in Sichtweite der großelterlichen Behausung, war ein Drahtseil auf einer Länge von zehn Metern gespannt, in Schienbeinhöhe. Der Nachbar, ein ehemaliger Offizier, von dem die Großeltern nur respektvoll sprachen, hatte es angebracht, um seinen Garten zu schützen vor den Jungs der Steißlinger Straße, die zwischen den Bäumen Fußball spielten und ihm den Ball immer wieder in die sorgsam gehegten Beete schossen. Dann kam er herausgestürzt aus seinem Haus, wo er hinter dem Fenster gelauert hatte auf eben-diesen Moment, im Laufschritt, den er perfektioniert hatte, damals an der Front gegen die Kosaken, die ihn nicht gekriegt hatten, ihn nicht! Vivat und Ehre, hoch das Haupt, mit wehendem Haar, den Spitzbauch vor sich herschiebend, schoss er durch die Beete, um vor dem aus dem Wald sprintenden Jungen am Ball zu sein; dass er dabei mehr niedertrampelte, mehr Schaden in seinem Garten anrichtete, als es der Ball jemals gekonnt hätte, schien er nicht zu bemerken, es ging eben ums Prinzip.

War er schneller, konfiszierte er den Ball, nahm ihn mit, schloss ihn ein und die Eltern mussten dann zu Kreuze kriechen, sich demütigen, ihn beschwichtigen, sich abkanzeln lassen. »Die Jugend hat keinen Anstand mehr, keinen Respekt vor dem Hab und Gut anderer, wie und wo wird das enden!«, zeterte er dann, ein schö-ner Satz für einen, der in einem anderen Land eingefallen war. Nur Karls Urgroßvater konnte ihn beschwichtigen, denn der hatte im ersten Krieg in Verdun gelegen, dem »Franzmann den Arsch versohlt, jawohl!«.

Auf ihn hörte er und gab den Ball wieder raus. Hätte er anstelle des Drahtes einen Zaun um seinen Garten gezogen, wäre alles in Ordnung gewesen, aber was hätte er dann gemacht den ganzen Tag, worüber wäre sein Blut dann in Wallung geraten, wer hätte sich dann vor ihm demütigen müssen?

Also blieb der Draht. Und dieser Draht wurde Karl, dem Lausbub, zum Verhängnis. Da er im Laufe der Zeit von Brennnesseln und anderen Unkräutern überwuchert war, sah man ihn kaum noch. Karl, der von ihm wusste, sprang drüber, die aus der Südstadt übersahen ihn und stürzten, schlugen hin, alle vier. Und Karl nun, anstatt den Vorteil zu nutzen und zu fliehen, blieb stehen und lachte, lachte und lachte, und dann hatten sie ihn, droschen auf ihn ein, zu viert, schlugen ihm Fäuste ins Gesicht, traten ihm in die Rippen, bis er zusammengekrümmt am Boden lag, den Mund voll Blut, Blut schmeckt süß, doch wer will das wissen. Dann packten sie ihn und schleiften ihn zum Misthaufen des Gartens, dem Garten des aufrechten Offiziers, Vivat und Ehre, schmissen ihn, Karl, drauf und traten ihn und warfen stinkenden Unrat in sein Gesicht, und hinter dem Fenster stand er, der Offizier, und feixte und sah zu. Wo waren jetzt Anstand und Ehre, gefallen wahrscheinlich, irgendwo in Russland, im Schützengraben, wo er sich bepisst hatte, der Bewahrer von Zucht und Ordnung.

Doch Karl, der die Arme schützend vors Gesicht hielt, die Beine an die Brust gezogen hatte und sich in den Mist drückte, um den Tritten zu entgehen, Karl sah seine Rettung nahen, der Urgroßvater, noch rüstig in den Sechzigern, kam vom Elternhaus herangerannt. »Er hilft mir, er kommt und hilft mir!«, dachte Karl brennend und sah, wie der Urgroßvater ein Stück Holz aufnahm, einen unterarmdicken Ast, fallen gelassen von einem mit Karl befreundeten Baum, der ihm helfen wollte. Dann war er da, der Urgroßvater, und schwang den Ast. »Ihr Herrgottsakramentsieche, ihr elendigen!«, brüllte er, und die aus der Südstadt flohen in alle Richtungen. Dann zeterte der Urgroßvater: »Du Raufbold, du Siech, du Nichtsnutz!«, und schlug den Ast auf Karls Rücken, zerschlug ihn dort und zerrte Karl an den Haaren zum Haus. »Aus dir wird nie was, du taugst einfach nichts!«

Und wie es dann Abend ward, saß Karl bei seiner Großmutter in der Küche, saß dort im Wippsessel, wie Großmutter, die aus Mannheim war, den Schaukelstuhl nannte, und weinte, dicke Tränen rollten über seine zerschundenen Wangen und seine Glieder zitterten wie Laub im Wind, aber nicht wegen der Schmerzen weinte er, nein, vor Zorn weinte er, vor hilflosem Zorn.

»Er hat mir nicht geholfen, er hat mir nicht geholfen!«, schluchzte er und war nicht zu trösten.

Damals.

Doch jetzt erreichte er den Wald und blieb nicht stehen, diesmal nicht, aus Schaden wird man klug, heißt es, wohl wahr. Und nun fiel Regen, der Himmel warf dicke, träge Tropfen herab, weinte die Wolken leer, Windböen wirbelten wie in Trance verzückte Geister um die Baumwipfel, huschten wie Diebe durch die schwankenden Stämme, es wogte und brauste, der Wald schloss seine schützende Hand über Karl. Gerettet, wieder mal!

Das Haus, in dem er mit seinen Großeltern wohnte, war nicht groß, ein typischer Nachkriegsbau, zwei Stockwerke, verbunden durch ein hölzernes Treppenhaus, dessen ausgetretene Stufen er so oft zusammen mit seiner Schwester, der Schwester, die eigentlich seine Tante war, gewachst und poliert hatte. In jedem Stockwerk befanden sich eine Küche, ein Klo und zwei Zimmer. Badezimmer gab es keines, wollte man baden, so musste der eiserne Kessel in der Waschküche befeuert werden, um heißes Wasser für die blecherne Wanne zu bekommen, die dann in dem in Dampfschwaden verschwundenen

Raum auf ihren eisernen Krallenfüßen wie eine urzeitliche Echse aus dem Mesozoikum auf Beute lauerte. Unten wohnten der Urgroßvater und die Urgroßmutter, oben, im Drangsal der Enge, die Großeltern zusammen mit Karl und seiner Schwester, der Schwester, die eigentlich seine Tante war. Die Großeltern hatten ihr Schlafzimmer. Karl und seine Schwester schliefen in dem zweiten Raum, der tagsüber das Wohnzimmer war und abends verwandelt wurde. Der große, dunkle Kasten an der einen Wand wurde heruntergeklappt und wurde zum Bett der Schwester, zum Klappbett, eine Erfindung für Leute, die in beengten Verhältnissen lebten, arme Leute. Karls Bett war das Sofa, die Lehnen wurden nach unten gelassen, die keilförmigen Rückenstützen auf die heruntergelassenen Armlehnen gelegt, und fertig war Karls Schlafstätte. Nachts dann rutschte ihm regelmäßig der Kopfkeil weg, schob sich nach hinten, bis er von der dahinterstehenden Kommode, die von der Großmutter als Herrenkommode bezeichnet wurde, aufgehalten wurde, während Karl dann kopfüber in dem dadurch entstandenen Spalt steckte. Schlaftrunken versuchte er den Keil zurückzuschieben, was aber niemals gelang. So lag er dann verbogen und verkrümmt den Rest der Nacht in diesem Spalt, den er zu hassen lernte, den er aber nicht loswurde, weil er das Sofa nicht nach hinten schieben durfte, da die Großmutter Kratzer in der Herrenkommode durch die hölzerne Lehne befürchtete. Doch abends, wenn er zu Bett ging und der vermaledeite Kopfkeil noch an seinem Platz war und sich noch nicht gegen ihn gewandt hatte, war noch alles gut. Da lag er dann im Bett, damals, als Kind, fühlte sich ganz ruhig und still, draußen vor dem Fenster wisperte die Nacht in einer fremden Sprache, die Dunkelheit verbarg den Raum, um ihn war ein Universum, weit und endlos. Im Wald schrie ein Kauz. »Jetzt stirbt jemand!«, dachte er erschrocken, das hatte der Großvater ihm gesagt, immer wenn ein Kauz ruft, stirbt eine arme Seele. Er fürchtete sich.

»Lieber Gott, lass es nicht mich sein!«, betete er, dann schlug unter ihm im Wohnzimmer des Urgroßvaters die alte Standuhr. Dong, dong tönte es durch den Fußboden, vibrierte der Klang in den Wänden des Hauses, widerhallte die Resonanz in den Adern der Mauern. Er liebte dieses Geräusch, es machte in ruhig, es war, als trüge ihn der Ton hinfort in die magische Weite einer verborgenen Welt, es war hörbar gemachte Zeit. »Der Herzschlag der Zeit«, dachte er dann und schlief ein.

Jetzt war er Lehrling, in der Aluminiumfabrik, Maschinenschlosserlehrling, einer von vielen, von sechzig Bewerbern war er ausgesucht worden, weil er die beste Aufnahmeprüfung geschrieben hatte. Am Einstellungstag saß er zusammen mit den anderen in der Kantine der Lehrwerkstatt und harrte der kommenden Dinge, vorne an einem Pult standen die drei in graue Arbeitsmäntel gehüllten Ausbilder versammelt und sahen die bewerteten Prüfungsbögen durch, dann wurde sein Name aufgerufen. Er meldete sich mit einem schwachen »Hier« und drei graue Gestalten drehten sich in seine Richtung, schoben sich durch die Reihen der Bewerber auf ihn zu, nahmen dann sein Äußeres wahr, seine langen Haare, seine Jeans, seine ganze, ihrer Auffassung nach, rebellische Erscheinung.

»Ein Gammler, oje!«, entfuhr es dem einen, dem kleinen, rotgesichtigen Dicken. Der Älteste, er war der Werkstattleiter, nahm die Brille von der Nase, putzte sie umständlich mit seinem frisch gebügelten Taschentuch, räusperte sich dabei mehrfach und war offensichtlich bemüht, Herr der Lage zu werden, was sollte er tun, eine hervorragend abgelegte Prüfung, ein vielversprechendes Talent, aber ein Gammler, ein Rebell, ein nicht genormtes gesellschaftskonformes Exemplar, was sollte er tun?

Karl nun befand sich ebenfalls im Zwiespalt, seine exzellente Prüfung beruhte auf einem Zufall, nicht mehr und nicht weniger. Sein Großvater, der in der Lebensmittelfabrik arbeitete, hatte ihn dort zur Aufnahmeprüfung angemeldet. Er, der sein ganzes Leben lang Arbeiter gewesen war, weil er damals als Jugendlicher nichts lernen durfte, gleich Geld verdienen musste, damit der Urgroßvater sein Haus bauen konnte. So war es sein sehnlichster Wunsch, dass sein Enkel diesem Schicksal entgehen, dass er einen richtigen Beruf erlernen, ein Facharbeiter werden sollte. Doch Karl hatte zu seiner Enttäuschung die Prüfung nicht bestanden, war durchgerasselt, hatte die ganze Sache auf die leichte Schulter genommen und nicht gelernt. Zur maßlosen Enttäuschung des Großvaters hatte er die mit Rotstift korrigierten Prüfungsbögen zurückbekommen, mit dem Vermerk »Nicht bestanden«. Also hatte er sich bei der Aluminiumfabrik beworben, und dort war es exakt die gleiche Prüfung, die gleichen Fragen und Aufgaben, deren Korrektur er zu Hause liegen hatte. Und so lieferte er eine fehlerlose Prüfung ab. Aber nun drohte die Einstellung an seinem Äußeren zu scheitern, an der Engstirnigkeit, den Vorurteilen und der Kleinbürgerlichkeit dieser grauen Erscheinungen, denen eine Horde Jugendlicher anvertraut wurde, deren Wünsche und Hoffnungen, deren Gedanken und Ängste sie genauso wenig verstanden, wie sie die Gedanken von außerirdischen Wesen verstanden hätten, denn bei manchen Erwachsenen tritt das Phänomen auf, dass sie ihre Jugend, ihr Sehnen und Suchen vollkommen vergessen haben und nichts mehr hassen als das, was sie so sehr zu verdrängen suchen, vor Augen geführt zu bekommen. Und von dieser Art waren sie, die unsäglichen, grauen Gestalten, die Ausbilder in der Aluminiumfabrik.

Karl wusste das. Er wusste es, weil er solchen schon begegnet war, als Kind, im Sportverein, in der Schule, sie waren überall, die Grauen, überall. Aber da er seinen Großvater liebte und weil er wusste, dass dieser ihn auch liebte und dass er stolz sein würde auf seinen Enkel, als Lehrbub, beschloss er, sich zu verleugnen, sich zu verraten, sein Selbst zu verdrängen. Wieder mal, wie so oft schon, musste er erleben, dass er nur nach dem beurteilt wurde, was er darstellte, und dass wieder einmal – eigentlich immer – niemand auch nur einen Gedanken daran verschwendete, dass eine Person vielleicht nicht unbedingt das war, was sie nach außen zu sein schien.

»Wenn ich die Lehre antrete, werde ich selbstverständlich mit einem angemessenen Haarschnitt erscheinen!«, hörte er sich sagen und hätte am liebsten gekotzt, so sehr schämte er sich vor sich selbst.

»Wem ghörsch'n du?« – »Wem gehörst du?« –, das war eine Frage, die er als Kind nie ganz verstanden hatte, die ihm aber immer wieder mal gestellt wurde.

»Ja mir!«, antwortete er dann und sah aber gleich, dass der sogenannte Erwachsene, der ihm da gegenüberstand, eine andere Antwort erwartet hatte als diese, die ihm doch so natürlich vorkam. Einen Familiennamen wollte der Neugierige hören, damit er zuordnen konnte, denn was ist das Individuum ohne Zuordnung, für sich alleine, ein Nichts, erst die Zugehörigkeit zu einer Familie, zu einer Gruppe, einem Verband gibt ihm die gesellschaftliche Legitimation. Und wenn er ihn dann nannte, seinen Familiennamen, dann kam das obligate »Ach so, de Uneheliche vu de Inge!«. Da war er wieder, der Makel, der Fehler, der dunkle Punkt, das abwertende Urteil. Das tat weh, das grenzte aus, machte ihn zum Außenseiter. Irgendwie hätte man das eigentlich vermeiden können, als Erwachsener, hätte man etwas Gefühl, etwas Nachsicht haben können, aber kein Gedanke daran, damals, Rücksicht, wieso Rücksicht, war doch bloß ein Rotzbub, ein Bankert, was versteht der denn?

Seine Mutter hatte ihn mit sechzehn geboren, der erste Versuch gleich ein Erfolg, damals auf dem Rosenegg, aber dann, Schande im Dorf. Sein Vater hat sich nie gekümmert, war feige, war nur Samenspender, unfreiwillig, war nur ein kleiner Hans. So wuchs er bei den Großeltern auf, die, die sich kümmerten, nicht feige waren, nie, sein Glück, seine Familie. Seine Mutter blieb sich dann wohl auch treu, kaum war sie achtzehn, zog sie aus, wurde Bedienung in einer Gaststätte, ließ ihn zurück, abgelegt, aber vielleicht war es gar nicht ihre eigene Entscheidung, vielleicht tat sie nur das, was die Gesellschaft von ihr erwartete: »Die sell mitem unehelichen Kind, die isch jetzt Bedienung i de Eintracht, des hab i doch glei gsagt, die sell isch ko Guete.«

So wuchs er auf, in dem kleinen Haus am Waldrand, zusammen mit seiner Schwester, die eigentlich die Schwester seiner Mutter war, aber da sie nur ein Jahr älter war als er, war sie seine und nicht der Mutter Schwester, nicht im echten, aber im gefühlten Leben.

Und gegenüber war der Wald, das Schnaidholz, ein wogend Meer von Grün, ein großes, lebendiges Fabelwesen, ein Hort von Schutz und Sicherheit, dort bewahrte er alle seine Träume auf, damals als Kind. Wenn es windete, dann lebte der Wald, die Blätter zitterten an den Ästen, die Baumwipfel schwankten im abendlichen Brausen, alles war in Bewegung, es war, als atme der Schnaidholz mit gierig saugenden Lungen, schien das morgendliche Licht durchs Geäst, dann war es, als regne es Fäden von der Sonne, Sonnenfäden, so dicht gewebt wie ein Vorhang aus Licht, und Karl, der dann durch diese Herrlichkeit schritt, erwartete jeden Moment, eine Elfe zu sehen oder irgendein Fabeltier. An anderen Tagen, wenn die Sommerglut herniederbrannte, kein Blatt sich rührte, dann hörte man die Raben, die Quaken, wie der Urgroßvater sie nannte, in den Baumkronen streiten und mit ausgebreiteten Schwingen über das Dach des Hauses fliegen. Im Herbst dann, wenn die Blätter sich färbten und der ganze Wald ein Meer von herrlichsten Farben war, aussah wie die Farbenpalette eines göttlichen Malers, dann konnte Karl die Eichhörnchen beobachten, die eifrig Eicheln sammelten und vergruben, damit sie sich im Winter daran gütlich tun konnten. Er war wie eine eigene Welt, der Schnaidholz, ein Universum, in das er sich flüchten konnte, wenn es um ihn brauste und sauste, in der realen, nicht in der gefühlten Welt, dort war er dann unverletzlich, dahin konnten sie ihm nicht folgen, die Grauen, dort konnte er ihn deutlich hören, den Herzschlag der Zeit, der in diesem Wald, und nur in diesem, deutlich in seinen Adern pochte.

In der anderen Richtung, hinter dem Haus, war der Bahndamm und dann nur noch Wiesen und Felder, so weit das kindliche Auge reichte, blühende Sommerwiesen, gesäumt von hellblättrigen Buchen, undurchdringliche Maisfelder und knorrige, alte Apfelbäume, deren saure Früchte nur noch zum Most taugten. Im Herbst dann, wenn die Felder abgeerntet waren, wenn die köstlich duftenden Kartoffelfeuer schwelten, dann konnte Karl den weiten Himmel sehen, die Unendlichkeit hinter dem Bahndamm, dieses große Kunstwerk, das kein Maler jemals so hätte erschaffen können. Wenn die Schwüle des Tages ins Unermessliche stieg, die Atmosphäre vor Intensität schier barst, dann zogen dunkle, bleigraue Gewitterwolken über die Äcker, ständig in Bewegung, fließend ihre Form und Farbe verändernd, sich auftürmend, aneinanderpressend, Wolkengebilde, die dämonischen Fratzen glichen, sich lasziv und schwerfällig in bizarre Formen verschoben, sich an der Kante des Horizonts rieben, blitzdurchzuckte, wetterleuchtende Grotesken gebaren. Dumpf rollende Donner, die wie weit entfernte Kannibalentrommeln sphärisch durch abrupt einsetzende Fallwinde dröhnten, zuckende Allgegenwärtigkeit der Elemente. Da fühlte er sich dann ganz klein, der Karl, wie ein Blatt im Wind, das er ja auch war. Also rannte er nach Hause, dort war Schutz und Sicherheit.

Dort saß die Großmutter in ihrem Wippsessel und beruhigte ihn, aber nicht wirklich.

»Wenn es gewittert«, sagte sie, »dann darf man kein Eisen anfassen und keine elektrischen Geräte benutzen, und man darf kein Fenster öffnen, sonst könnte ein Kugelblitz ins Haus fahren.«

»Ob sich so ein Kugelblitz wohl von einer Glasscheibe aufhalten lässt?«, fragte sich Karl.

Als Großmutter ihm dann einen Teller Suppe hinstellte, aß er nicht, weil er nicht wagte, den Löffel anzufassen, denn der war ja aus Eisen. So wartete er, bis es blitzte, und zählte dann die Sekunden bis zum Einsetzen des Donners, denn jede Sekunde stand für einen Kilometer, den das Gewitter entfernt war, das hatte der Großvater ihm gesagt, kam er bis fünf, war er beruhigt.

»Kein Blitz ist fünf Kilometer lang«, beruhigte er sich und begann zu essen.

Aber jetzt als angehender Lehrling fürchtete er sich nicht mehr vor Gewittern, vor nichts fürchtete er sich, vor gar nichts.

In der Lehrwerkstatt der Aluminiumfabrik gab es vom ersten Tag an Ärger, weil er natürlich nicht mit einem Kurzhaarschnitt erschienen war, was ihm von Anfang an die Feindseligkeit des Lehrkörpers einbrachte. Der Ausbilder fürs erste Lehrjahr, es war der dicke Rotgesichtige, zitierte ihn von nun an jeden Morgen ins Meisterbüro, wo dann der Werkstattleiter die obligate Frage an ihn richtete.

»Sie hatten uns doch zugesichert, zum Ausbildungsbeginn einen anständigen Haarschnitt (gibt es denn unanständige Haarschnitte?) vorzuweisen.« Dabei umstanden sie ihn wie bei einem Tribunal, und doch fürchtete er sich nicht, nein, wurde geradezu trotzig, weil er einfach nicht begreifen konnte, dass die Haartracht derart wichtig sein sollte, dass sie wichtiger war als das, was er am Schraubstock und im Unterricht zu leisten vermochte. Und so erfand er jeden Morgen eine neue Ausrede. Mal gab er an, kein Geld für den Friseur zu haben, mal sagte er, er hätte es über dem Lernen vergessen, versicherte aber, es spätestens nächste Woche zu erledigen, was er aber niemals tat und was dann dem dicken Cholerischen die Zornesröte ins feiste Gesicht trieb und er von Beginn an Karl als Störfaktor, als Feindbild betrachtete, ihn dann auch vor den anderen Lehrlingen stets als Langhaardackel oder einfach als Gammler bezeichnete. Nur ein Einziger hatte ebenfalls lange Haare, aber der war bereits im dritten Lehrjahr und somit unantastbar. Er hieß Theo und war aus Engen, seine schwarze Mähne fiel ihm bis weit über die Schultern, er war mittelgroß, aber kräftig gebaut, aus seinem von einem Räuberbart umschlossenen Gesicht funkelten zwei große, ausdrucksvolle Augen, die herausfordernde Blicke in die Welt warfen. »Komm her, Leben, stell dich, hier bin ich und bereit!« Er strahlte eine Selbstsicherheit aus, die ihn von den anderen unterschied und die Karl sofort aufgefallen war und ihm Mut zur eigenen Durchsetzung verlieh. Denn leicht war es nicht, seine Ideale zu vertreten, wenn es Widerstand von allen Seiten gab. Morgens, wenn er am Walzwerk vorbei zur Lehrwerkstatt ging, verhöhnten ihn die Arbeiter und pfiffen ihm hinterher. »He, Süße, wie wär's mit 'ner kleinen Morgennummer!?«, dann lachten und grölten sie und fassten sich in den Schritt, das war schwer, aber es machte ihn hart, den Karl.

Einmal, er hatte den Auftrag, ein Werkstück in die Schleiferei zu bringen, war es dann sehr schwer. Er ging hin zu dem Arbeiter, der ihm genannt worden war, um ihm das Werkstück auszuhändigen, doch dieser weigerte sich, es anzunehmen.

»Jetzt gehst du zurück«, sagte er mit böse verzerrtem Gesicht, aus dem der ganze giftige, kleinbürgerliche Geifer Karl anzuspritzen drohte, »zurück zu deinem Meister und sagst ihm, er soll mir einen Menschen schicken und kein Tier!« Damit drehte er sich um und Karl stand da mit seinem Werkstück und die anderen Arbeiter lachten.

»Woher«, dachte er, Karl, dann, »woher kommt dieser Hass, der kennt mich doch gar nicht, aber vielleicht hasst er ja alles, was er nicht kennt.« Dann trollte er sich.

»Mach dir nichts draus!«, tröstete Theo ihn in der Vesperpause. »Beiß die Zähne zusammen und zieh die Lehre durch, dann hast du einen Beruf und kannst dir eine bessere Stelle suchen.«

Er selbst hatte seinen Plan schon fertig, nach der Lehre wollte er noch ein paar Monate arbeiten, um genügend Geld zu sparen. Dann wollte er weg, auf den Tramp, den Gammel, nach Amsterdam und dann weiter. Die Welt sehen.

Die Welt sehen, reisen, davon hatte Karl schon als Kind geträumt, damals, als er seine Karl-May-Bücher gelesen hatte, als er mit Kara ben Nemsi durch die Schluchten des Balkans geritten, mit Hadschi Halef Omar durchs wilde Kurdistan galoppiert war, dann hatte er von Wüsten und Steppen geträumt, von goldenem Sand und schattigen Oasen, oh ja, das wollte er auch, reisen. Als

Kind war er nie weit gekommen, die Großeltern waren arm, konnten sich keinen Urlaub leisten, bis auf einmal, da waren sie für eine Woche nach Überlingen am See gefahren, ins Maggi-Ferienheim, mit dem Zug, und Karl war auch dabei, mit einem dicken, weißen Verband um den Kopf wegen des Lochs, das er sich noch eingeschlagen hatte, am Morgen dieses Tages. Da war er mit seinem Kinderfahrrad die Straße auf und ab gefahren, immer hoch bis zum Südstern-Sportplatz und wieder zurück. Aufgeregt war er wie nie, in die Ferien würde er fahren an den See, den Bodensee, von dem er keinerlei Vorstellung hatte. Sein gutes weißes Sonntagshemd trug er bereits. »Du darfst dich nicht mehr schmutzig machen bis heute Mittag, sonst musst du hierbleiben!«, hatte die Großmutter ihm eingeschärft.

»Aber Rad fahren darf ich doch?«, wollte er wissen, und da hatte sie genickt. So fuhr er los, immer rauf und runter, hin und her, aber das wurde dann schnell langweilig, also übte er, auf dem Hinterrad zu fahren – schnell antreten, das Rad am Lenker hochreißen; es klappte immer besser, noch schneller der Antritt, noch höher das Vorderrad, stark war er diesen Morgen, so stark wie ein Löwe und so geschmeidig wie ein schwarzer Panther fühlte er sich, bis er dann zu sehr am Lenker riss, dadurch zu viel Rücklage erhielt und mit vollem Schwung nach hinten kippte, um dann hart mit dem Hinterkopf auf dem erbarmungslosen Teer der Steißlinger Straße aufzuschlagen. Im Fallen sah er den Himmel über sich, sommerblau, und kleine weißflockige Schäfchenwolken zogen schwerelos darüber hin. Im Augenwinkel nahm er noch die grünen, hellblättrigen Äste einer am Waldrand stehenden Eiche wahr, die im Wind schwangen, so als strecke der Baum seine Arme aus, um ihn aufzufangen. Dann fuhr ein stechender Schmerz durch seinen Kopf und nahm ihm kurz den Atem, indes rote Blitze vor seinen Augen zuckten und stechende Pein in seinen Mund schoss, weil er sich auf die Zunge gebissen hatte. Dann war für einen Moment alles ruhig, er konnte immer noch die Wolken sehen, so weit weg, so entfernt. Dort lag er auf dem sonnenwarmen Asphalt und war so überrascht und erstaunt, dass es nicht einmal mehr wehtat. Er rappelte sich hoch und hob das Rad auf, registrierte, dass warmes Blut seinen Rücken hinunterlief, dass sein Mund sich füllte mit süßlichem Geschmack, und radelte los, nach Hause, vorbei an der Nachbarin, die im Garten stehend die Hände vor den Mund schlug, als sie sein blutüberströmtes Hemd bemerkte, da fing er an zu pfeifen, weil er sich schämte und sie nichts merken sollte. »Ein Bub weint nicht«, dachte er, aber als er dann im Hof ankam und die Großmutter einen entsetzten Schrei ausstieß: »Fritz, Fritz, komm schnell, der Karl hat ein Loch im Kopf!«, da weinte er dann doch noch, Bub hin, Bub her, und weil er sich jetzt auch fürchtete. »Wenn ich ein Loch im Kopf habe, dann läuft ja alles heraus und dann ist nichts mehr drin!«, dachte er entsetzt.

Aber jetzt waren sie in Überlingen, im Ferienheim, die Großmutter, die furchtbar aufgeregt war, weil sie fürchtete, etwas vergessen zu haben, der Großvater, der so stolz war, weil er seine Familie in die Ferien bringen konnte, und natürlich Karl und seine Schwester, seine Schwester, die seine Tante war. Sie, die sich gar nicht sattsehen konnten an der großen weiten Welt, die da an ihnen vorüberrollte. Vom Bahnhof ging es mit dem Taxi hinaus zum Ferienheim. Mit dem Taxi – noch nie war Karl mit einem Taxi gefahren, es war ein Mercedes Benz, ein 190er, so schwarz wie eine amerikanische Gangsterlimousine, ehrfurchtsvoll saß Karl auf dem Rücksitz und beobachtete, wie der Fahrer mühelos die Gänge wechselte und schnell und sicher durch die Straßen glitt. Das war schon was. »Wenn ich groß bin«, dachte er, »dann will ich auch so ein Auto haben.« Und dann das Ferienheim, das war eine andere Welt. Karl fühlte sich, als würde er einen neuen, unbekannten Erdteil betreten. Das Haus lag inmitten eines großzügig angelegten Parks, knorrige alte Bäume – »Die sind so alt wie die Welt!«, dachte Karl – streckten ihre Schatten spendenden Äste über sorgsam gepflegte Blumenbeete, Äste wie Schwingen. Es waren Zypressen und Mammutbäume, die von irgendwoher den Weg hierher gefunden hatten ins milde Klima des Sees. Die mächtigen geraden Stämme wuchsen, so empfand es der Junge, weit hinauf in den Himmel, wo sie erst kurz vor den Wolken ihre grünen Wipfel ausbreiteten, deren Schatten zurück zur Erde fielen und den Park in ein fast unheimliches, unwirkliches Licht tauchten. Zu Füßen der gigantischen Baumriesen blühten und prangten Rhododendronbüsche in grellroten Farben, die wie lodernde Flammen aus den tiefen Schatten kontrastierten, es war, als ständen die Riesen mit ihren Wurzelbeinen inmitten eines Flammenmeeres. Nie hatte der Bub derartiges gesehen, und eine große Ehrfurcht ergriff ihn, aber auch eine milde Furcht ließ ihn erschauern. Die weitläufigen Rasenflächen, auf denen alte hölzerne Liegestühle standen, waren durchzogen von sauber geharkten Kieswegen, die den Park umschlossen wie die pulsierenden Adern eines großen, rätselhaften Wesens. Die ganze Anlage strahlte für Karl dieselbe Magie, den gleichen mystischen Einklang aus wie der Schnaidholz, hier war Abgeschiedenheit und zugleich auch Ruhe und Schutz.

»Vielleicht sind alle Parks und Wälder untereinander verwandt«, dachte Karl, »eine einzige Rasse unerklärlicher Wesen, die lange, lange vor den Menschen auf der Erde gewandelt sind und durch einen gewaltigen Zauber dazu verdammt wurden, für tausend Jahre stumm an einer Stelle zu verharren.«

Am Abend dann, kurz vor dem Essen, lief er noch einmal in den Park, besser gesagt, es zog ihn erneut dorthin. Er hatte seinen guten blauen Kommunionsanzug an, den er hasste, trug ein weißes Hemd, das fürchterlich kratzte, und eine scheußlich blaue Krawatte, die ihn würgte.

»In einer Stunde gibt es Abendessen, du darfst dich auf keinen Fall mehr schmutzig machen!«, hatte die Großmutter ihn ermahnt.

»Wenn du uns blamierst, dann setzt es eine Abreibung, und zwar eine gewaltige!«, ergänzte der Großvater noch.

Also schlenderte Karl durch den im weichen Abendlicht daliegenden Park, vermied es loszurennen, eingedenk der Ermahnung und der angekündigten Abreibung. Konnte sich sowieso kaum bewegen, so steif und eingeschlossen fühlte er sich in seinem Sonntagsstaat. »So muss sich ein Roboter fühlen!«, dachte er, als er am Ufer ankam. Dort grenzte eine hüfthohe Mauer die Anlage zum See hin ab, eine Steintreppe führte auf einen Steg, über den man ein hölzernes Bootshäuschen erreichen konnte, unter dem das Ruderboot des Ferienheims festgemacht war.

Vom Bootshaus selbst führte eine Holztreppe bis direkt hinunter ins Wasser, die letzte der etwa zehn Stufen wurde im leichten Wellengang des Sees im sanften Rhythmus mit Wasser überspült. Karl setzte sich vorsichtig, um den vermaledeiten Würgeanzug nicht zu beschmutzen, auf die oberste Stufe und sah zu, wie der See sich bewegte. Es war, als atme das Wasser, aus und ein, aus und ein, glucksend überzog der See die Stufe mit Wasser, zog sich zurück, schwappte erneut zur Treppe, ein und aus. »Ein großes Lebewesen, in dem noch viele andere leben«, flüsterte Karl leise vor sich hin und rutschte drei, vier Stufen weiter nach unten, um noch besser zu sehen, noch besser hören zu können, wie es gluckste, atmete, aus und ein, den Anzug hatte er längst vergessen, so fasziniert war er. Mit zunehmender Dämmerung wurde das Wasser immer dunkler, geheimnisvoller. Karl versuchte sich vorzustellen, was dort unten hauste in schattenhafter Tiefe. Bizarre Wesen, schillernde Fische von sagenhafter Gestalt, ihn schauderte, und dann sah er es – Haare, lange, wallende Mähnen, die grünlich in sich neigender Taghelle schwebten, in den sich sanft flutenden Wellen trieben wie Engelshaar. »Es sind Seejungfrauen, ich sehe sie deutlich!«, durchfuhr es den Jungen, und ehe er sich versah, war er auf der untersten Stufe angelangt und lauschte begierig, ob er ihren Gesang hören könne, doch die unterste Stufe war vom Wasser glitschig und nass, und als er sich weit übers Wasser beugte, der Karl, da rutschte ihm der Fuß weg, er verlor den Halt und stürzte kopfüber in den See. Das Wasser schlug über ihm zusammen, kalt und dunkel wurde es, Panik erfasste ihn, er konnte ja nicht schwimmen, so strampelte er mit den Armen, schlug und trat mit den Beinen, schrie laut, verschluckte sich, trank vom See und fürchtete sich zu Tode. Doch das Strampeln brachte ihn nach oben, sein Kopf geriet über Wasser, er bekam wieder Luft und sah vor sich die rettende Treppenstufe, an die er sich klammerte, während er spürte, wie etwas Weiches, doch Forderndes seine Beine umschlang, um ihn nach unten zu ziehen. »Jetzt holen sie mich, die Seejungfrauen, sie holen mich!« Niemals hatte er eine derartige Furcht empfunden, und doch war es diese Todesangst, die ihm Kraft verlieh, sodass er sich mit einem Ruck aus der tödlichen Umklammerung befreite und sich mit letztem Aufbäumen auf die Treppe zurück ins Leben zog. Keuchend und prustend kletterte er zurück auf den Steg, das Wasser rann an seinen Beinen hinab in seine Schuhe, der Kommunionsanzug triefte wie ein nasser Lumpen, Panik befiel den Karl. Hatte die Großmutter nicht gesagt, er dürfe sich nicht mehr schmutzig machen, und hatte der Großvater ihm nicht eine Abreibung angekündigt? Und jetzt das!

»Was mach ich nur, was mach ich nur?!« Die Tränen stiegen ihm in die Augen und er begann zu zittern. »Jetzt hab ich uns blamiert, alle werden sie über uns lachen und der Großvater wird furchtbar zornig sein, und ich werde Schläge bekommen! Ich verstecke mich, dann können sie mich nicht finden.«

Er rannte los in Richtung Haus, schlich sich durch den Seiteneingang und verschwand in der Tür zur Herrentoilette. Dort schloss er sich ein, setzte sich auf den Klodeckel, legte den Kopf auf den Arm und weinte. Lange Zeit blieb er so sitzen, bis er laute Stimmen vernahm, die nach ihm riefen. Draußen im Park hörte er den Großvater: »Karl, wo bist du? Karl!« Von überall her erschallte jetzt das Rufen, er erkannte die Stimme der Großmutter, er hörte die Schwester und andere Stimmen, die er nicht zuordnen konnte, das ganze Ferienheim war an der Suche beteiligt, so schien es.

»Alle werden es wissen, alle werden über uns lachen!«, dachte er und schämte sich, schämte sich so sehr, dass er zitterte, auch weil ihm kalt war jetzt, natürlich, aber doch mehr aus Angst und Scham. Schluchzend saß er auf dem Klodeckel und bebte am ganzen Leib. Da rüttelte jemand an der Tür. »Karl, Junge!«, rief es. »Bist du da drin? Mach doch auf, ich hör dich doch!« Es war Herr Rieder, ein Arbeitskollege seines Großvaters.

»Was ist denn los, warum schließt du dich ein? Alle suchen dich, deine Großmutter macht sich deinetwegen große Sorgen!«

»Ich bin ins Wasser gefallen!« schluchzte Karl. »Der Kommunionsanzug ist versaut, der Großvater wird mich schlagen.«

»Aber nein!«, kam es von draußen. »Niemand wird dich schlagen, ich werde mit deinem Großvater reden, mach jetzt auf, denk an deine Großmutter.«

Aber Karl konnte nicht, er konnte einfach nicht. Es war nicht wegen des Großvaters, der drohte nur, schlug dann doch nie; es war auch nicht wegen der Leute, die lachen würden, und das war sicher, dass sie lachen würden, denn wie Karl in seinem späteren Leben noch lernen sollte, erheitert nichts die Menschen so sehr wie das Missgeschick eines anderen, denn solange es den anderen trifft, trifft es nicht sie selbst, und das ist doch wahrlich ein Grund zur Freude, oder nicht? Nein, das war es nicht, was ihn hinderte, es war etwas anderes, eine innere Verkrampfung. Er wäre fast ertrunken, fast verloren gegangen in der tiefen Schwärze des Sees, und er war ja noch ein Kind, nur ein Kind mit einer zu Tode erschrockenen Seele und einem von Weinkrämpfen geschüttelten, vor Kälte zitternden Leib. Und deswegen saß er da auf dieser Kloschüssel und war nicht in der Lage, die Türe aufzuschließen. Nun war es so, dass zur damaligen Zeit die meisten Erwachsenen niemals auf die Idee gekommen wären, Kindern gegenüber so etwas wie Verständnis aufzubringen. Wozu auch? Man sagte ihnen, den Kindern, was »sich gehört«, und damit genug. »Do mummer it no lang flattiere, ä paar at backe na hät no kom gschadet.« Da muss man nicht noch lange flattieren, eine Ohrfeige hat noch keinem geschadet! Und außerdem gab es ja noch die Schule, wo pädagogisch hochgebildete Lehrkräfte der Jugend den rechten Weg schon weisen würden. Oder auch nicht.

Und doch gab es, selten zwar und wahrlich dünn gesät, noch eine andere Art von Erwachsenen, nämlich solche, die erkannten, dass Kinder noch unfertige, verletzliche Seelen sind, individuell vollkommen verschieden, und dass man mit ein klein wenig Verständnis mehr erreichen kann als all die hoch qualifizierten Schwätzer und Berufsopportunisten, die schlussendlich nichts erreichen, außer dass sie ihr eigenes Ego ins Unermessliche aufblähen.

Und eine dieser raren Spezies war, zu Karls Glück, der Arbeitskollege seines Großvaters, der Herr Rieder. Er war einer, der ihn hören konnte, den Herzschlag der Zeit. Er verstand, was da vorging in Karl, dem Jungen, und er drängte nicht und schimpfte nicht und wurde nicht böse, er kletterte einfach über die Klokabine, schloss die Tür von innen auf und nahm den zitternden Karl an der Hand.

»Komm«, sagte er, »wir wollen zusammen nach draußen gehen, und du wirst sehen, alle freuen sich, dass du wieder da bist!«

Und er führte Karl in die Halle, wo die Erwachsenen aufgeregt durcheinanderwuselten und wo die Großmutter mit einem Aufschrei »Gott sei gelobt!« auf ihn zustürzte und ihn in ihre Arme schloss.

»Die Seejungfrauen wollten mich holen!«, schluchzte Karl und ließ den Tränen freien Lauf und der Großvater lächelte und fuhr ihm zärtlich übers Haar, und niemand, niemand hat gelacht.

***

Der dicke Rotgesichtige schlich durch die Reihen der Werkbänke, um bei einem der mit den Werkstücken beschäftigten Lehrlinge einen Fehler, ein Vergehen gleich welcher Art zu entdecken und dann hämisch über ihn herzufallen, und das mit großer Freude. Karl hatte fast den Eindruck, als bräuchte er das zur Selbstbestätigung, er, der Ausbilder, der eigentlich mit Verständnis den Jungen entgegenkommen müsste, sie auf Fehler aufmerksam machen und diese korrigieren sollte. Aber genau das Gegenteil war der Fall, er beriet nicht, gab keine Tipps und Hinweise, sondern schimpfte und fluchte und tat alles, um das Selbstvertrauen der Jugendlichen zu zerstören. Je mehr er sich aufspielte, umso mehr hassten ihn die Lehrlinge, was ihm natürlich nicht entging, und sein Hass und seine Unsicherheit wurden noch größer. Außer auf Karl hatte er sich noch auf ein zwei andere eingeschossen, und am schlimmsten traf es einen Jungen aus Gottmadingen, der etwas langsam in seiner Auffassungsgabe und etwas behäbig in der praktischen Ausführung war. Ihn triezte er, wo er nur konnte, schrie und tobte, bezeichnete ihn als Idioten – »Wie bist du denn nur durch die Prüfung gekommen?« –, quälte ihn, bis ihm die Tränen über die Wangen liefen. Auch Karl bekam sein Fett weg, und das täglich. Für das technische Zeichnen in der Gewerbeschule mussten die Lehrlinge ein Berichtsheft führen und verschiedene Zeichnungen anfertigen, die dann vom Lehrer benotet wurden. Der dicke Rotgesichtige hatte es sich nun zur Aufgabe gemacht, diese Zeichnungen zu kontrollieren, obwohl es ihn eigentlich gar nichts anging.

Eines Morgens sah er Karls Heft durch und bemängelte eine Zeichnung, die Karl verdammt viel Mühe gekostet hatte und die seiner Ansicht nach vollkommen in Ordnung war.

»Das ist keine Zeichnung«, keifte der Dicke, »das ist Geschmier, das machst du noch mal!«

Karl widersprach.

»Der Lehrer in der Schule war zufrieden damit, also ist die Zeichnung o. k.«

»Wenn ich dir sage, dass sie nicht in Ordnung ist, dann ist das so.«

»Aber der Lehrer …«

»Ist mir egal, was der Lehrer sagt, ich bin dein Lehrmeister.«

»Na ja«, dachte Karl, »und wann merkt man das mal?«

Laut sagte er: »Aber das Berichtsheft machen wir für die Schule und nicht für die Firma, also gilt das, was der Lehrer sagt.«

Jetzt ging der Rotgesichtige von Rot zu extremem Dunkelrot über, seine Zähne knirschten vor Wut und seine Wurstfinger zitterten, als er das Heft nahm und die Seite mit der Zeichnung in der Mitte durchriss.

»Bis morgen machst du sie neu!«, dann drehte er sich um und ging.

»Das darf der gar nicht, was fällt dem ein!«, flüsterte Helmut, der die Werkbank neben Karl hatte.

»Der kann mich mal!«, knurrte Karl und feilte wütend auf sein Werkstück ein.

Am Abend dann, zu Hause, nahm er das Blatt, legte es mit der Unterseite nach oben und überklebte den Riss fein säuberlich mit Tesafilm. Dann schrieb er mit Kugelschreiber an den Rand des Blattes »vom Ausbilder widerrechtlich und mutwillig zerrissen« und heftete es wieder ein.

»Sieht aus wie neu!«, grinste er.

»Na, ich weiß nicht«, meinte der Großvater, »damit handelst du dir 'ne Menge Ärger ein.«

»Darauf lass ich's ankommen, alles kann man sich auch nicht gefallen lassen.«

Und natürlich hat der Großvater recht behalten.

Am nächsten Morgen war theoretischer Unterricht in der Lehrwerkstatt. In einem schlecht gelüfteten, nach

Schweißfüßen und Bohnerwachs miefenden Raum saßen die Lehrlinge jeweils zu zweit an einem Tisch. Karl und Helmut hatten den Vorzug, in der ersten Reihe zu sitzen und des Rotgesichtigen feuchte Aussprache aus nächster Nähe genießen zu dürfen. Nachdem der Unterricht, während dem Karl sich nur unter allergrößter Anstrengung wach gehalten hatte, zu Ende war, dachte er schon, der Dicke hätte das Berichtsheft vergessen, als er sah, wie sich dessen feister Spitzbauch auf seinen Tisch zubewegte.

»Das Berichtsheft, ich hoffe für dich, du hast die Zeichnung fertig.«

»Aber gewiss doch, Herr Ausbilder.« Karl schob ihm das Heft zu. Keiner der restlichen Jungen sagte ein Wort, nur Helmut und Karl warfen sich einen schnellen Blick zu.

Der Dicke hatte die Seite erreicht und starrte wortlos auf das geflickte Machwerk.

»Was soll das, was fällt dir ein, das ist doch eine bodenlose Frechheit!«, fauchte er.

»Sie haben kein Recht, mir etwas zu zerstören, Sie dürfen mich lediglich korrigieren, was ich dann zur Benotung abgebe, bleibt mir überlassen«, antwortete Karl trotzig.

Ein Raunen ging durch den Raum.

Das war offene Rebellion, ein Aufstand gegen das Althergebrachte, gegen die Autorität der Grauen, jetzt war er unter Zugzwang, der Dicke, sein Ansehen stand auf dem Spiel, was würde er tun?

Hätte er einfach das Heft zurückgegeben und gesagt: »Wie du willst, es ist deine Sache, wenn du schlechte Noten bekommst«, dann hätte er sich elegant aus der Affäre gezogen, aber dazu war er nicht fähig, in keiner Weise, weil er einer von denen war, die ihn nicht hören können, den Herzschlag der Zeit, weil er engstirnig, kleinlich und intolerant war. Und weil er nichts, gar nichts mehr zu sagen wusste.

Und deswegen ging er auf Karl los, wollte das schlagen, was er durch Worte nicht beherrschen konnte. Wie ein wütender Stier brüllte sein Hass aus ihm, sein Speichel sprühte über die vorderen Tische, seine verzerrte Visage glich der eines Irren. Er warf sein ganzes Körpergewicht mit ausgestrecktem Arm nach vorne, um Karl am Kragen zu packen, doch der war darauf gefasst und Helmut ebenso. Beide rutschten mit ihren Stühlen ruckartig nach hinten und Karl zog dabei den Tisch mit, was zur Folge hatte, dass der Dicke, anstatt an Karls Hals, bäuchlings auf der nach hinten verschobenen Tischplatte landete und dort aufprallte wie ein gestrandeter Wal. Er strampelte kurz mit den plumpen Beinchen, um das Gleichgewicht nicht zu verlieren, rutschte dann aber doch seitlich am Tisch vorbei und landete hart auf dem Fußboden, wobei ihn das dröhnende Gelächter der Lehrlinge begleitete. Das machte ihn vollends rasend, er verlor jegliche Beherrschung, sprang auf und stürzte sich auf Karl. Der floh den Flur hinunter und rannte in die Lehrwerkstatt, wo er Haken um die Werkbänke schlug, den immer etwas langsameren wutschnaubenden, Speichel sprühenden Choleriker im Schlepptau. Erst dem hinzueilenden Werkstattmeister und einem weiteren Ausbilder gelang es, den sich wie eine Furie gebärdenden Dicken zu beruhigen. Unter Beschwichtigungen führten sie ihn in das Büro, wo er sich langsam wieder sammelte.

Und Karl? Karl war mit einem Mal berühmt – bei seinen Kollegen.

Die Tage in der Lehrwerkstatt krochen dahin wie Schnecken, verrannen zäh wie Harz, draußen sangen die Vögel in den Bäumen und die Sonne sah herein und lockte, drinnen stank es nach Öl und Borwasser, die Maschinen kreischten schrill und das monotone Schrubben der Feilen erfüllte den Raum. Karl sah zum Fenster und seufzte. Wie sehr sehnte er sich nach dem Schnaidholz, wie herrlich müsste es dort jetzt sein, wenn die Sonne ihre Strahlen durch das sich leise im Wind wiegende Blätterwerk fallen ließ, kühle Schatten ruhten jetzt zu Füßen der Bäume und die Luft roch wie Weihrauch.

»Ich komm nie wieder hier raus, nie wieder!«, dachte er, sah hinüber zu Theo und musste grinsen. Theo, der anstelle des vorgeschriebenen blauen Arbeitsanzugs stets einen grauen Mantel wie die Ausbilder trug, hatte gerade den zerfetzten Ärmel desselben in die Spindel der Bohrmaschine gebracht und sich durch einen heftigen Gegenruck gerettet, dabei aber den Ärmel bis zur Schulter abgerissen. Jetzt hüpfte er johlend und lachend wie ein Derwisch um die Bohrmaschine, während der Werkstattmeister händeringend herbeieilte und versuchte, die Bohrmaschine abzustellen, wobei ihn der sich mit der rasenden Spindel drehende Ärmel im Zehntelsekundentakt ohrfeigte, was bei Theo zu einem erneuten Heiterkeitsausbruch führte, das heißt, er wieherte wie ein Gaul, bis es dem Meister endlich gelang, die Bohrmaschine abzustellen.

»Ja, Jungchen, bist du denn wahnsinnig, das hätte dir glatt den Arm abreißen können!«, schimpfte er, war aber nicht sehr böse, eher erschrocken. Richtig böse wurde er eigentlich nie, deshalb mochten die Jungen ihn auch, er war ein Kauz und wurde eher belächelt.

Er war klein von Statur, hatte einen Spitzbauch und einen nach hinten ausgeprägten Steiß, was ihm einen merkwürdigen Gang verlieh, mit hektischen, kurzen Schritten trippelte er durch die Gänge. Er trug stets seinen grauen Meisterkittel, der hinten zu kurz war und vorne über seinem prallen Bauch enorm spannte, was Karl den Anblick einer durch die Werkstatt schwebenden Mettwurst suggerierte. Sein Kopf saß auf einem nicht vorhandenen Hals und glänzte in rosa Kahlheit. Eine randlose Brille verlieh seinem Aussehen etwas Glubschiges, Froschartiges. Gerade damals lief im Fernsehen »Urmel aus dem Eis«, ein Stück der Augsburger Puppenkiste über ein seltsames, aber liebenswertes Wesen, eine Mischung aus einer sprechenden Zucchini und einer Gummiente. Als einer der Lehrlinge gewisse Ähnlichkeiten bei den beiden feststellt, hatte der Meister seinen Spitznamen weg. Fortan hieß es nur noch: »Achtung, Urmel kommt!«

Und diese Warnung kam nicht von ungefähr, denn »Urmelchen« hatte so seine Eigenheiten. Immer wenn die Lehrlinge Flächen von Hand auf Millimeter genau feilen mussten, strich er, bewaffnet mit Schublehre, Mikrometer und Haarlineal, wie eine Beute heischende Hyäne lauernd um die Werkbänke. War dann einer der Stifte mit seiner Arbeit fertig, schob er ihn vom Schraubstock weg und bemächtigte sich des Werkstücks.

»So«, nuschelte er dann, »jetzt zeig mal her des Dingerle.« (Er bezeichnete die Werkstücke stets liebevoll als
»Dingerle«.) Den meisten Lehrlingen wurde dann etwas
flau, weil sie ahnten, was nun, mit schöner Regelmä-
ßigkeit, auch folgte. Mit zusammengekniffenen Augen,
unter leisem schamanistischen Gelehrtengemurmel, maß
er an mehreren Stellen, hielt es, das Dingerle, mit ange-
legtem Haarlineal gegen das Licht, um dann mit leiser
vorwurfvoller Stimme zu tadeln: »Aber das ist ja voller
Unebenheiten, das muss noch mal nachgearbeitet werden.« Sprach's und griff nach der Feile.

Der gemaßregelte Lehrbub sah sich bereits zitternd
um den Lohn seines Bemühens gebracht und wagte mit
verhaltener Stimme den Einwand: »Aber es ist genau
auf Maß, wenn Sie noch mal nacharbeiten, bekommt
es Untermaß.«

Doch Urmel war jetzt nicht mehr zu halten, die Feile
schwingend wie ein Damoklesschwert wischte er den
Einwand locker beiseite: »Das muss man eben mit dem
richtigen Gefühl machen, dazu gehört jahrelange Erfahrung.« Und damit warf er sich in Grundposition, rechter
Arm zur Schulter angewinkelt, Beine leicht gespreizt,
den Rücken nach vorne gebeugt und den linken Arm
im Bogen zur Feilenspitze gestreckt, strich er mit nach-
drücklichem Schwung zweimal über das »Dingerle«, das
dann spätestens beim zweiten Strich Untermaß bekam,
was wiederum Urmel, nach kurzer Prüfung mit dem
Mikrometer, dazu veranlasste, mit hektischen Schritten
wortlos im Meisterbüro zu verschwinden, während der
Lehrling sich unter Tränen daranmachte, die ganze Arbeit zu wiederholen.

Und so kam es, dass die Jungs, sobald Urmel mit seinem Messwerkzeug auftauchte, versuchten, sich irgendwie unsichtbar zu machen, unauffällig zu bleiben, es gab sogar welche, die sich mit dem fertigen Werkstück vorübergehend in der Toilette einschlossen.

***

Der Urgroßvater war Karl nie sehr freundlich gesinnt. »Herrgottsakrament Siech«, so nannte er ihn, der Bub war ja ein »Unehelicher«, die Mutter blutjung, der Vater nicht interessiert, das war damals noch eine Schande im Dorf, und er war ja Vorarbeiter in der Fabrik, eine Respektsperson also, und nun so ein Bankert im Haus, das minderte natürlich sein Ansehen gewaltig. »Was werden wohl die Leute denken!« Er half oder unterstützte den Bub auch nie, im Gegenteil. Als Karl eingeschult war, stapfte er, Karl, jeden Morgen, nachdem ihn die Großmutter mit Kaba und Honigbrot gestärkt hatte, von der Steißlinger Straße ins Dorf zur Scheffelschule, wo er die erste Klasse besuchte. Wenn es Herbst wurde und der Nebel von den Baumspitzen des Schnaidholz tropfte, wenn das Krächzen der Quaken gedämpft, ja fast freundlich durch die wallenden Tröpfchenschleier ertönte und die nassen, wie glänzend polierten Straßen mit prachtvollen farbigen Blättern getupft waren, dann war der morgendliche Gang zur Schule eine Freude; doch hatte Karl den Schulhof überquert und stand am Fuße der Treppe, die ins Schulhaus führte, dann wurde es schwer, denn oben an der Treppe stand eine drohende Gestalt. Es war die des Hausmeisters. Vielleicht war er gar nicht so groß, doch Karl, dem Buben, erschien er riesig und bedrohlich wie ein Dämon. Sein hageres, scharfnasiges Gesicht saß auf einem faltigen Truthahnhals. Mit Schrecken sah Karl seinen Kropf, der sich nervös hin und her bewegte. Die blonden, strähnigen Haare hatte er mit Pomade nach hinten gekämmt, seine knochigen Schultern steckten in einem grauen Mantel, der den Rest seiner Gestalt verbarg. Den linken Arm trug er stets auf dem Rücken, die rechte Hand steckte in seiner Kitteltasche und war das, wovor sich alle Kinder fürchteten, denn dort in der Manteltasche verbarg er ein fingerdickes Isolierkabel, mit dem er auf seinen großen Füßen wippend lächelnd spielte, indes seine kalten grauen Augen die treppensteigenden Kinder hoffnungsvoll fixierten. Und immer ging seine Hoffnung in Erfüllung, denn immer hatte eines der Kinder seine Schuhe nicht richtig abgestreift, und dann stürzte er nach vorne, mit verzerrter Grimasse, einer Mischung aus Grinsen und Hass, einem kurzen Aufflackern von animalischem Sadismus, schlug mit dem Kabel zu, zwei, drei Mal, mit Wucht auf Hinterteil und Rücken des Kindes, des Sechsjährigen, des Erstklässlers.

»Hab ich dich erwischt, dich werde ich lehren, dir geb ich's!«, geiferte er und erfreute sich am Heulen des Kindes, und wenn er dann später, um neun Uhr, bei seinem Frühstück saß, dann war er zufrieden mit sich, mampfte selbstgefällig seine Stulle, hatte für Ordnung gesorgt, hatte einen Rotzlöffel gezüchtigt. »Ä Tracht Prügel hätt no kom gschadet!«, dachte er dann, der elende Feigling, die erbärmliche Kreatur. Und niemals, niemals wäre er auf den Gedanken gekommen, dass die Verhältnismäßigkeit nicht im Gleichklang war, ein erwachsener Mann gegen einen sechsjährigen Buben. Nicht das kleinste Mitgefühl erfüllte seinen Schädel, der nichts weiter als nur ein hohler Knochen war.

Der Urgroßvater war ein Freund von ihm, dem Hausmeister, doch als Karl in seiner Verzweiflung ihn einmal bat, mit dem Wüterich zu reden, winkte der Alte nur ab.

»Der wird schon wissen warum«, war alles, was er dazu sagte.

Und auch er selbst war oft unbarmherzig, zornig, tobte bei geringem Anlass, hatte kein Verständnis für die Sorglosigkeit, die Naivität eines Kindes, das ja erst am Anfang dieses lebenslangen Lernprozesses des menschlichen Daseins stand und für das jeder Tag neu, voller Geheimnisse, Verlockungen und Hindernisse war; ein Kind, dem noch nicht die Ordnung und das Joch der selbst auferlegten Pflicht der Erwachsenen auf die Schultern geladen war, das noch nicht ins würgende Korsett der Regeln und Verordnungen eingeschnürt war und das ihn noch hören konnte, den Herzschlag der Zeit.

Karl hatte vom Großvater einen Bildband geschenkt bekommen, »Prinz Eisenherz«, die Abenteuer eines Ritters, in herrlichen Farben gemalt und erzählt. Las er in dem Buch, war er versunken in einer Welt von Recken in funkelnden Rüstungen, von schönen Burgfräulein in wallenden Gewändern, die den Rittern bei deren Turnieren zujubelten, wenn diese im Galopp mit angelegten Lanzen aufeinander zu ritten. So tauchte er selber ein in diese Welt, der Karl. Wurde zum unbesiegbaren Kämpfer, zum Heros in gleißender Rüstung. Und eines sonnigen Tages, als er im Garten hinter dem Haus einen Kampf mit einem verfeindeten Ritter ausfocht, die Bohnenstange aus des Großvaters Garten war seine Lanze, die er angelegt hatte, um den grässlichen Ritter Schwarzbart vom Gaul zu stoßen, ihn im Staube liegen zu sehen, ihn zu demütigen, vor den Augen seines Fräuleins, die sich dann von ihm abwenden und ihm, dem tapferen Ritter Karl huldigen würde, da passierte es. Als er im vollen Galopp auf Schwarzbart zupreschte, da stolperte sein edler Gaul, Karl verlor den Rhythmus und kam ins Wanken, die Lanzenspitze schwenkte nach rechts und bohrte sich mit ekelhaft splitterndem Geräusch in die Butzenscheibe der Hinterhoftür. Karl erstarrte. Doch schon war der Urgroßvater, der das Splittern gehört hatte, zur Stelle. Immer wenn Karl irgendein Missgeschick ereilte, war er zur Stelle, tauchte aus dem Nichts auf wie ein Geist.

»Du nichtsnutziger Bub, was hast du jetzt wieder angestellt!«, schrie er mit zornverzerrtem Gesicht.

»Es tut mir leid, ich bin gestolpert«, stammelte Karl unter Tränen.

»Zu nichts bist du zu gebrauchen, Bankert, was du anfasst, geht zu Bruche, weißt du denn, was so eine Scheibe kostet?!«, tobte der Urgroßvater weiter und packte Karl am Kragen, der die Hände schützend vors Gesicht schlug, doch zu seinem Glück trat die Urgroßmutter aus dem Haus.

»Lass doch den Buben, er hat es ja nicht mit Absicht gemacht, es ist ja nur eine Scheibe«, sagte sie und der Urgroßvater ließ Karl los und versetzte ihm nur einen Schlag auf den Kopf.

»Geh in den Wald, dort kannst du wenigstens nichts zerstören«, fauchte er.

So versteckte Karl sich den Rest des Tages im Schnaidholz. Er stieg auf eine Eiche, saß in luftiger Höhe verborgen in grünem Blattwerk, das leise im Wind zitterte, und lauschte auf den Klang der Waldesstille, die sein Herz erfüllte und ihn ruhig und gelassen machte.

»So eine Scheibe ist ihm mehr wert als ich!«, dachte er. »Wenn ich groß bin, dann werde ich keine Kinder schlagen, niemals!«, schwor er sich und dem Schnaidholz, seinem Freund. Am Abend dann kamen zwei Klassenkameraden, um gemeinsam mit Karl die Hausaufgaben zu machen. Sie fuhren mit ihren Rädern über den Kiesweg bis zur Vordertür und bremsten, dass die Kiesel flogen. Als der Urgroßvater noch einmal aus dem Haus trat, wohl um zu schauen, ob seine Welt sich noch drehte, sah er, dass einige Dinge nicht mehr so waren, wie sie sein sollten. Ein paar Kiesel lagen nicht mehr an ihrem angestammten Platz und zwei Fahrräder standen dort, wo normalerweise keine standen. Zorn stieg in ihm auf, Zorn war sein Dämon, seine Geisel.

»Euch werde ich's zeigen, mir den Kies zu verscharren!«, fluchte er und nahm die Fahrräder, eines nach dem anderen, und warf sie über den Zaun auf die Straße. Das war der Urgroßvater, hart und unbeugsam. Nur ein einziges Mal hatte Karl ihn schwach erlebt, und das war am Tag, als die Urgroßmutter starb. Sie hatte mit Urgroßvater zu Abend gegessen und verspürte ein leichtes Unwohlsein.

»Sei doch so gut und hol mir meine Herztropfen«, bat sie. Das waren ihre letzten Worte, dann glitt sie vom

Stuhl und war gegangen, aufgebrochen zum großen Geheimnis, und den Urgroßvater hatte sie zurückgelassen. Der Arzt kam, es war zu spät, die Familie war in Aufruhr, die Großmutter weinte still, Karls Schwester, die seine Tante war, verbarg ihr tränennasses Gesicht in den Händen und nur der Großvater war gefasst. Er hatte Karl an der Hand genommen, und seine Ruhe übertrug sich auf den Jungen, der wie gebannt auf die am Boden liegende Urgroßmutter schaute, deren Gesicht so friedvoll war, als schliefe sie.

»Wo ist sie jetzt?«, fragte er.

»Sie ist bei Gott, dort geht es ihr gut«, antwortete der Großvater und strich ihm über den Kopf. Karl sah zum Urgroßvater, der weinte wie ein Kind, und das war der seltsamste Anblick, den er je gesehen hatte; der König des Zorns, der hartherzige Mann, völlig aufgelöst im Kummer. Und plötzlich hatte Karl das Bedürfnis, ihn zu trösten, ihn zu berühren, weil ihm auf einmal klar wurde, dass er ihn, trotz allem, liebte, und weil er erkannte, wie einsam der Urgroßvater war in all seinem Zorn. Aber er wagte es nicht, und so verrann auch dieser Augenblick der Annäherung.

***

Es ward Sommer, die Sonne loderte wie ein flambierter Eierkuchen, die Luft in der Lehrwerkstatt war wie ein zugeschnürter härener Sack, ein brodelnder Sud aus heißem Maschinenöl, aus kochendem Borwasser, Schweiß und Resignation. Karl sah zur Uhr, es war erst drei, der Nachmittag kroch dahin wie ein Verhängnis, das sich

Zentimeter für Zentimeter dem Abgrund nähert, der große Zeiger der Uhr verharrte auf den Minutenstrichen wie ein Menetekel der Stagnation. Karl blickte zu Theos Werkbank hinüber, sie war verwaist, denn Theo war weg, hatte seine Abschlussprüfung, die er selbstverständlich in seinem zerfetzten grauen Mantel absolviert hatte, mit Auszeichnung bestanden, und nun, nach drei Monaten Arbeit und eisernem Sparen, hatte er seinen Rucksack gepackt und war eines frühen Morgens aufgebrochen, hatte die Tür seines Elternhauses hinter sich geschlossen und betrat die endlose Straße, die ihn fortan in sein eigenes, unabhängiges Leben führen würde, doch zuerst nach Amsterdam.

»Lass den Kopf nicht hängen, beiß dich durch, lass nicht zu, dass die Grauen gewinnen!«, hatte er Karl zum Abschied aufgemuntert.

»Woher weiß er von den Grauen?«, dachte der und war sich nicht sicher, ob Theo vielleicht nur die Ausbilder meinte.

»Ich werde dir regelmäßig schreiben, dann weißt du immer, wie es mir geht und wo ich bin«, versprach dieser, und das war dann der Abschied, einer von vielen, die in seinem Leben noch folgen sollten.

Und so war Karl öfter als sonst an den Briefkasten gegangen, in der Hoffnung, von Theo zu hören, und diesen Morgen war er da, Theos erster Brief.

August 1972

Hallo Karl!
Endlich liegt die Zeit in der Lehrwerkstatt zurück und ich liege hier im Vondelpark in Amsterdam unter einem Baum.

Um den Abschied von daheim zu beschreiben, fehlen mir die Worte. Meine Mutter weinte, Willi, mein jüngerer Bruder, war bereits wach und verfolgte das Geschehen ziemlich aufmerksam. Mein Vater gab mir die Hand und sagte, ich solle nicht jedem das glauben, was er sagt. Alles in allem war es eine seltsame Stimmung, fünf Uhr morgens, alles ruhig um uns herum, prachtvoller Sonnenaufgang und der Gedanke, das Heim lange nicht mehr zu sehen, all das gab dem Tag einen wundersamen Anfang, denn nie hätte ich erwartet, dass ich um zehn Uhr vierhundert Kilometer weiter sein würde. Kurz nach Antwerpen war dann Schluss und ich legte mich zwischen ein paar Sträuchern schlafen. Am nächsten Morgen, ich hatte mich am Ortsende eines Dorfes aufgebaut, erlebte ich eine Leichenprozession aus nächster Nähe, diese fuhr, latschte, tratschte, weinte und lachte sogar an mir vorbei. Etwas später lernte ich zwei Belgierinnen kennen, die spontan beschlossen, mit mir nach Holland zu trampen, und nun liegen die zwei und ich im Vondelpark und essen Würstchen und Kekse. Um uns herum Hunderte, nein Tausende Freaks aus der ganzen Welt, angereist, um an dem großen Chillum Amsterdam high zu werden.

Bis bald
Theo

»Oh Mann«, dachte Karl, nun über seinen Schraubstock gebeugt, »was tue ich hier, warum bin ich nicht im Vondelpark, zwischen zwei Belgierinnen, vernasche erst die Würstchen und dann die beiden? Es gibt noch eine andere Welt dort draußen, etwas lebt und strahlt irgendwo, ein Licht, ein Glanz, ein Weg.«

In diesem Moment der Erkenntnis drang eine Stimme an sein Ohr, es war die von Urmelchen, der ihn aufforderte, sein »Dingerle« vorzuzeigen, auf dass er, Urmel, es kontrollieren könne, und in diesem Augenblick geschah etwas in Karl, ein Bruch, ein Einschnitt, es war, als ändere der Herzschlag der Zeit sein Tempo, wurde schneller, intensiver, pochte nachdrücklich und laut und nahm Besitz von Karl, der sich sagen hörte: »Nein, ich gebe es Ihnen nicht, weil Sie es mir wie jedes Mal zerstören.«

Der Rest war Trance, er wurde ins Meisterbüro zitiert, wo sie ihn umstanden, graue, satte Bäuche, triefend vor Selbstgefälligkeit und entrüsteter Eitelkeit.

»Wie kann er es wagen, Autorität anzuzweifeln, impertinentes Verhalten, maßlose Selbstüberschätzung.« Er nahm es nur wie im Traume wahr, es spielte keine Rolle mehr, sie würden es nie verstehen, ihre eigene Aufgeblähtheit war ihre Religion, ihr Selbstverständnis ließ keine Kritik zu, kein Einsehen, es war vorbei. Abrupt stand er auf.

»Ich gehe«, sagte er dann und lief los in Richtung Tür.

»Halt, hiergeblieben, du wirst dem Personalchef vorgeführt!« Der Dicke stürzte an Karl vorbei und warf sich mit ausgestreckten Armen vor den Ausgang und versperrte ihm, Karl, den Weg, wutrot schnaubend und rasend, hechelnd wie ein leibhaftiger Zerberus. Karl versuchte, sich an ihm vorbeizudrängen, doch der nunmehr schäumende Unband warf seine Primatenarme über ihn und versuchte, Karl in den Schwitzkasten zu nehmen. Doch Karl war nicht schwach, in seinen Armen wohnte die Kraft der Bäume, das viele Klettern und Hangeln im Schnaidholz hatte ihn gestärkt, die Kämpfe mit denen aus der Südstadt waren ihm Lehre gewesen, und so fing er den Arm des Berserkers ab und drehte ihn mit Schwung auf dessen Rücken. Der Dicke stieß einen spitzen Schrei aus.

»Er hat mir den Arm ausgerenkt, helft mir!«

Nun stürzten sich die anderen Ausbilder ebenfalls auf Karl, rangen ihn nieder, drängten ihn zur Wand, wo sie ihn dann festhielten.

Urmelchen war außer sich, fuhr sich immer wieder durchs nicht vorhandene Haar und rang die Hände wie ein Weib.

»So ein Eklat, so eine Schande, in meiner Werkstatt!«, jammerte er.

Sie, die Grauen, wussten jetzt nicht weiter, also taten sie, was die meisten tun, wenn sie nicht weiterwissen: Sie versuchen, es auf andere abzuwälzen. In diesem Fall beschlossen die Ausbilder, die Sache dem Personalchef zu überlassen; also schlossen sie von außen die Bürotür ab und schickten eine Abordnung ins Personalbüro. Karl war eingesperrt, saß auf dem Boden an die Wand gelehnt und sein Herz raste. Niemals hatte er sich derart gedemütigt gefühlt. Sie hatten ihn festgehalten, zu dritt, nicht geschlagen, nein, aber festgehalten, festgehalten und eingesperrt, und dabei hatte er sich nur gewehrt, der Dicke hatte ihn angegriffen und er hatte sich nur gewehrt, nichts weiter, und dann das. Konnten die denn nicht sehen, dass er nur reagiert hatte, mit Recht?

»Ich hab nichts getan, ich hab mich nur verteidigt, und die sperren mich ein!«, dachte er und war den Tränen nah, den Zornestränen.

»Was habe ich den Erwachsenen nur getan, dass sie immer auf mich losgehen, was nur, ich hab doch nur die Wahrheit gesagt! Alle hauen auf mich ein, nirgends passe ich hin, überall bin ich irgendwie anders, und ich weiß nicht warum, es ist fast so, als ob ich nicht hierher gehörte, als ob die Welt gar nicht mit mir gerechnet hätte, als ob ich zu viel wäre!«, schluchzte er und sah zum Fenster. Und in diesem Augenblick ward es hell im Raum, der Himmel draußen war schwermütig wolkenverhangen gewesen; fahlgraue, düstere Wolkenballen hatten sich den ganzen Morgen durch bleierne Düsternis geschoben, doch genau in diesem Moment riss ein Fenster auf, eine Lücke öffnete sich wie von unsichtbarer Hand geschoben und ein Sonnenstrahl von überirdischer Intensität schoss durch das Wolkentrist, traf das Fenster des Meisterbüros und brach sich flimmernd glänzend im Glas der Scheibe.

»Das Fenster, na klar, das Fenster, Mann!« Karl sprang auf und öffnete es, gleißendes Licht draußen und Wärme, ein Sprung und draußen war er, der Karl, verschwand über den angrenzenden Parkplatz und war weg wie Rauch im Wind. Das Meisterbüro war ebenerdig, das hatten sie nicht bedacht, die Grauen.

***

Am Anfang war er ein guter Schüler, der kleine Karl, war folgsam und tat, was die Lehrer ihm sagten, doch schon bald merkte er, dass die Lehrer bestimmte Vorlieben hatten, Vorlieben für die guten Schüler, die, welche immer alles wussten, den anderen voraus waren im Denken, im Auffassen; also hätten sie am liebsten den Unterricht nur mit jenen bestritten, und weil das nicht ging, weil eben immer welche da waren, die nachhingen, die nichts oder nur langsam begriffen, wurden sie erst genervt und dann irgendwann böse. Natürlich gab es auch welche, die dumm waren, aber trotzdem verschont wurden von den Lehrern; das waren diejenigen, die aus einflussreichen Familien des Ortes stammten, an die trauten sich die Lehrer nicht heran, denn da gab es Repressalien zu befürchten, von den Eltern, die Geld und Einfluss besaßen. Also ließ man seinen Frust an denen aus, die sich nicht wehren konnten, den Arbeiterkindern, den Bauernsöhnen, den Schwerfälligen, den Dummen, also an denen, die eigentlich der Hilfe und des Verständnisses der Lehrer bedurft hätten, denn gerade diese waren es, die ihnen, den sogenannten Pädagogen, anvertraut waren, diesen sollten sie helfen und nicht jenen, die so oder so weiterkommen würden. Aber kein Gedanke daran.

Karls Klassenlehrer war ein kleiner, gedrungener Wüterich, ein vom Zorndämon gepeinigter Mensch, der die Schüler, die Schule, seine Arbeit und wahrscheinlich sogar sich selber hasste. Die kleinste Unregelmäßigkeit ließ ihn aus der Haut fahren.

Sein stiernackiger, breitstirniger Schädel, kahl bis auf ein paar mit Pomade nach hinten angeklatschte Strähnen, lief dann dunkelrot an, kleine Schweißperlen rannen an den Rändern seiner Nase herab, das Gestell seiner riesigen, sechseckigen Brille rutschte nach vorne, sein wuchtiger Kopf schoss nach unten, während seine Kiefer knirschend aufeinandermahlten, was seiner rechten Gesichtshälfte ein diabolisches Aussehen gab. Die Kinder fürchteten sich vor ihm und mit Recht, denn er schlug zu, hart und erbarmungslos, ja, er scheute nicht einmal davor zurück, mit der geballten Faust zuzuschlagen, und dass er dabei Kinder schlug, schien er vergessen oder einfach ignoriert zu haben. Er war grauer als alle, die Karl vor ihm erlebt hatte. Und er konnte ihn ebenfalls nicht hören, den Herzschlag der Zeit, natürlich nicht.

Einmal, es war ein herrlicher Sommertag, die Sonne funkelte und gleißte wie flüssig Gold, das in Kaskaden vom Himmel strömt, die Felder hinter dem Haus in der Steißlinger Straße rochen nach getrockneter Ackerkrume, nach warmem Gras und Erde und Grillen zirpten euphorisch in den Wiesenhainen; ein warmer Wind strich wie ein Vagabund durch den Schnaidholz und ließ die Blätter an den Bäumen sonnentrunken zittern, da stürmte Karl nach der Schule in die Küche, verschlang hastig sechs Teller Sauerkraut mit Kartoffelbrei, um so schnell wie möglich in den Wald zu kommen, in dem der Herzschlag pochte, laut und lauter.

»Hast du keine Hausaufgaben auf?!«, rief die Großmutter hinter ihm her.

»Die mach ich heut Abend«, antwortete Karl und schoss zur Tür hinaus.

Und dann hatte er sie vergessen, die Hausaufgaben, denn so viel gab es zu sehen und zu tun, Wald und Sonne, Wiesen und wogendes Gras, zwitschernde Vögel und musizierende Insekten, knarrende Bäume und Leben, Leben, Leben.

Und am nächsten Morgen, als der Lehrer auf ihn zukam und seine Hausaufgaben sehen wollte, da musste er passen.

»Ich hab sie vergessen«, stammelte er.

»So, so, vergessen, hatte der Herr Wichtigeres zu tun!«, donnerte Kindheitsdämon und sein Kiefer begann zu mahlen.

»Der Wald, die Sonne …«, begann Karl, brach ab, weil er gleich wusste, der würde das nie verstehen.

»Ach so, die Sonne, Freibad war wichtiger als Schule, dann musst du nachholen, das verstehst du doch, nicht wahr!«, drohte Dämon und schlug zu. Karls rechte Wange explodierte, doch es war nicht vorbei. Des Lehrers klobige Hand packte seinen Haarschopf und hob ihn, Karl, hoch, an den Haaren, er war ja nicht schwer, sind Kinder nicht – schwer –, kann man mühelos hochheben, gibt einem sicher ein überlegenes Gefühl, als Erwachsener.

»Dir werd ich den rechten Weg schon noch zeigen!«, knirschte der Despot, die Geisel der Jugend.

Nur Karl, dem die Tränen liefen, der sich auf den Zehenspitzen regte, um den Schmerz zu lindern, der konnte das nicht verstehen, wahrscheinlich war es, weil er ein Unehelicher war, die sind anders, aus denen wird nichts, nie, das bekam er ja immer wieder gesagt, von den Erwachsenen, dann musste es ja auch stimmen.

Nur eine einzige Ausnahme gab es, denn es gibt immer eine, und das war seine Deutschlehrerin, das Fräulein Rauch. Sie war eine resolute Dame in den mittleren Jahren, sehr energisch, sehr zielstrebig. Schlank, fast mager, mit einem charismatischen Gesicht, dessen feine Linien streng wirkten, sodass viele Schüler Angst vor ihr hatten. Und doch war sie eine Seele von Mensch, die sich sehr um ihre Schüler, auch um die schlechten, kümmerte und bei Misserfolgen mit ihnen litt. Was sie natürlich nicht offen zeigte. Karl liebte sie und freute sich immer auf die Deutschstunde, und wenn er dann eine gute Note erzielt hatte und sie ihm lächelnd sein Heft überreichte, dann war er richtig froh.

**

Karl war einen Tag zu Hause, dann, am nächsten Morgen schon, kam der Krankenkontrolleur der Aluminiumfabrik und tat völlig überrascht und unwissend – was ihm denn nun fehle, dem Jungen, dass er nicht zur Arbeit erschien.

»Es ist keine Krankmeldung eingegangen, das hast du sicher vergessen!«, sagte er in der Haustüre stehend, während er verlegen von einem Fuß auf den anderen trat und zu Boden sah. »Das macht aber nichts, du kannst sie ja später nachreichen. Wie ich sehe, geht es dir wieder besser, dann sag ich dem Meister, dass du morgen wieder in die Werkstatt kommst.« Damit drehte er sich um und lief hastig die Vordertreppe hinunter.

Karl sah verblüfft zu seinem Großvater, der dabeigestanden hatte.

»Also ich …!«, hob er an, doch der Großvater schnitt ihm mit einer herrischen Handbewegung das Wort ab.

»Sie sehen drüber weg, nimm es als Chance und geh wieder hin, vergiss das Ganze.«

»Das Ganze vergessen«, dachte Karl, »wie kann ich das vergessen.«

Der Großvater hatte ein leises Flehen in den Augen.

»Tu's für mich und Großmutter, bitte!«

»Na gut, für euch«, antwortete der Junge.

Und so fand der nächste Morgen ihn wieder an seiner Werkbank; die Ausbilder ignorierten ihn und auch der dicke Unband schlich nur in weiten Kreisen um seinen Platz. Seine Mitlehrlinge wagten kaum, ihm in die Augen zu schauen, ihm, dem Rebell, dem Aufrührer, dem »Andersartigen«. So sah er wehmütig zu Theos alter Werkbank, an der jetzt ein anderer Junge die Feile schwang.

»Wo mag er wohl sein, und was wird er gerade machen? Sicher liegt er im Park und lässt sich die Sonne auf den Bauch scheinen.« Wehmut ließ sein Herz erschaudern.

Und als er abends nach Hause kam, da lag ein Brief im Kasten.

Herbst 1972

Hallo Karl!

Es regnet schon wieder in Amsterdam, die Niederschläge sind häufig und kommen fast täglich, einmal als winzige Tröpfchen, dann wieder heftiger mit dicken Tropfen, die alles unter Wasser geraten lassen. Dann flüchten alle Freaks unter die Brücken, unter die Bäume, in die leer stehenden Häuser oder einfach unter Plastikplanen, die zwischen den Sträuchern abenteuerlich verspannt werden. Dann sind auch die Waschräume, die sich unter der großen Vondelpark-Brücke befinden, von Hunderten von Freaks okkupiert. Schwerer Haschischnebel aus den unzähligen Chillums, Pfeifen und Joints liegt in der Luft.

Die Bhagwanjünger in ihrem Orange werden nass und die Uniformen der Halleluja singenden Heilsarmee sind bleischwer vom Regen. Musiker aus aller Welt finden sich zufällig zusammen, und obwohl sie noch nie zusammen

musiziert haben, erklingen an solchen Tagen unter dieser
Brücke Klänge und Rhythmen, die einem durch Mark und
Bein gehen.

Peace and Love
Theo

Und da war es wieder, dieses unbestimmte Gefühl, dieses
Sehnen und Reißen, dieses sich immer mehr aufdrän-
gende Gefühl, dass es doch noch etwas anderes gab; eine
Welt, die sie, die Grauen, nicht beeinflussen konnten, ja
von der sie nicht einmal recht Kenntnis besaßen.

Einen Teil dieser Welt hatte Karl schon für sich ent-
deckt, etwas, ein Fingerzeig, ein Lichtstrahl aus diesem
anderen Universum hatte ihn schon berührt; es war
die Musik, die ein Fenster für ihn geöffnet hatte, ein
Fenster, durch das Luft einströmte, eine frische, reine,
unverbrauchte Brise, aus einer anderen, einer freien,
toleranten Wirklichkeit, einer Welt, in der es keine
Grauen gab.

Wenn er den Fernseher einschaltete, dann plärrten
ihm deutsche Schlager mit stupiden Texten entgegen,
gestylte Affen wie Ricky Shane oder Rex Gildo stak-
sten ungelenk zu sanft plätschernden Rhythmen über
die Bühne, graue Langweiler wie Heino oder Udo Jür-
gens sangen sinnleere Lieder, in denen es um Haselnüsse
und irgendwelche abgefuckten Vorstadtkneipen ging,
in denen sich graue Spießer um den nicht vorhandenen
Verstand soffen.

Da hopsten die Schlagerstars durch die Hitparaden-
shows, sangen »Ich sprenge alle Ketten« und krochen
anschließend jedem Veranstalter, jedem Impresario in

den Hintern, nur um sich den nächsten Auftritt, die nächste karge Gage zu sichern, es kotzte ihn an!

Und dann, irgendwann war alles anders, ein hartes Gitarrenriff kam aus dem alten Röhrenradio, drang wie ein Leitstrahl direkt in sein Herz, um es nie wieder zu verlassen.

Es gab eine Sendung, die sich abhob von all dem Nonsensgeplärre. Jeden Mittag um zwei Uhr lief im Radio die Sendung »Popshop«, die Sendung für Rock und Blues, und Karls Welt veränderte sich.

»They call me the seeker till the day I die«, sangen The Who und Karl verstand sofort, und wenn dann Bob Dylan, mit einer derart krächzenden, nasal umkippenden Stimme, mit der er bei jedem kommerziellen Vorsingen hochkantig rausgeflogen wäre, »The times they are a-changing« intonierte, dann wusste Karl, wo er hingehörte, endlich.

Kommt, Mütter und Väter,
überall im Land,
und kritisiert nicht, was ihr nicht versteht,
eure Söhne und Töchter gehorchen euch nicht mehr,
euer alter Weg ist gescheitert,
bleibt weg vom neuen, wenn ihr ihn nicht gehen wollt,
denn es kommen nun andere Zeiten.

Oder wie es Frank Zappa formulierte:

Im Dunkeln,
wo alle Arten von Fieber gedeihen,
unten im Meer,

wo die Luftblasen der Haie blubbern,
am Morgen,
vor eurem Radio,
fällt euch da nicht die Decke auf den Kopf?
Ihr habt keine Freunde,
und die anderen hassen euch,
müsst ihr da nicht einen Strich machen
unter euer bisheriges Leben, hmm?
Na, dann lasst euch von mir mal erzählen
von einem Ort, den ich kenne,
hinaus durch die Nacht
und die flüsternde Brise.

»Zappa spricht es aus, Mann, und genau so ist es, genau so!«, dachte Karl, der Gerettete. »Von nun an kann mir keiner mehr.«

***

Karls Schwester, die seine Tante war, bekam Geigenunterricht, unten im Dorf, in der alten Scheffelschule. Karl war neidisch. Wenn die Schwester übte, sah er zu und litt, sah, wie der Bogen, dieser langfaserige, grazile Ast, über die straff gespannten Saiten glitt, wie die Töne aus dem hölzernen Korpus flossen, roch die süßliche Schwere des Holzes und war fasziniert. Sie war wie ein lebendiges Wesen, diese Geige.

»Ich möchte auch ein Instrument spielen«, quengelte er.

»Das geht nicht«, sagte der Großvater, »die Musikschule kostet Geld und zweimal bezahlen können wir uns nicht leisten.«

»Aber ich möchte Gitarre lernen!« Karl hatte Freddy Quinn mit seiner Wanderklampfe gesehen und war schwer beeindruckt. Freddy, seine Gitarre und das Meer, das war was! Auf einem Schiff die Meere befahren, die Welt sehen, Freiheit und Abenteuer, das Rauschen der Bäume im Schnaidholz mit dem Rauschen der Ozeane zu tauschen, das spukte in seinem Kopf und ließ ihn nicht los – und dazu die Gitarre.

»Bitte, Großvater, ich muss Gitarre lernen, ich muss, sonst sterbe ich, ich weiß es, ich sterbe, bestimm!« Der Junge war den Tränen nahe.

»Versündige dich nicht, es geht nicht!«, antwortete der Großvater. Und dann ging er doch, die gute Seele, zur Musikschule und erkundigte sich; er würde halt auf sein Sonntagsbier verzichten, dann würde es schon gehen, hatte er sich ausgerechnet. Doch Gitarre wurde nicht unterrichtet. Die Geige kostete zusätzlich Miete, das ging schon gar nicht.

»Du könntest Trompete spielen, die bekommt man gestellt, was meinst du?«, schlug der Großvater vor.

»Gut, dann werde ich der größte Trompeter der Welt!«, freute sich Karl und war stolz, denn er würde ein Musiker werden. Doch dann wurde nichts daraus, denn etwas war geschehen.

Karls Schwester, die seine Tante war, kam in letzter Zeit immer etwas später aus dem Musikunterricht nach Hause.

»Was machst du denn, trödelst du auf dem Rückweg?«, wollte die Großmutter wissen.

»Nein, ich gehe nach der Stunde immer sofort nach Haus!«, beteuerte die Schwester.

»Dann geht die Stunde länger, der Lehrer überzieht?«

»Nein, aber er will immer noch ein Spiel mit mir machen.«

»Was für ein Spiel denn?«, fragte die Großmutter und war auf einmal sehr hellhörig.

»Das Streichholzspiel, das will er immer noch spielen.«

»Das Streichholzspiel, wie geht denn das?«

»Er gibt mir fünf Streichhölzer, die muss ich an mir verstecken und er sucht sie dann«, sagte die Schwester.

Der Großmutter wich alle Farbe aus dem Gesicht.

»Er will, dass du sie am Körper versteckst, unter deiner Kleidung, ist das richtig?«

»Ja«, antwortete die Schwester, »und dann sucht er sie, und das will ich nicht.«

Die Großmutter legte die Arme um sie.

»Das brauchst du auch nie wieder, du gehst dort nicht mehr hin!«

Und so kam es, dass auch Karl niemals ein großer Trompeter wurde, und wieder war es ein Grauer, der dafür gesorgt hatte.

***

Wenn Karl nach der Arbeit in der Aluminiumfabrik seine Freunde sehen wollte, ging er an den Friedrich-Ebert-Platz, dort an der Eisdiele »Milano« war der allgemeine Treffpunkt der Jugendlichen aus der Südstadt. Geld war so rar wie Hoffnung und so flüchtig wie Rauch, also blieb nur der Latschariplatz im Freien. Es gab dort eine Mauer und mehrere Bänke, auf denen man sitzen konnte und die immer mit schnatternden Mädchen besetzt waren, und natürlich gab es auch jede Menge Graue, die sich über die Ansammlung von Jugendlichen fürchterlich erregten, denn obwohl der Ebertplatz groß und breit war, mussten sie ihn immer genau dort durchqueren, wo die Kids sich niedergelassen hatten.

»Eine Unverschämtheit«, schimpften sie dann, »die Jugend von heute hat keinen Anstand mehr, alle Bänke sind besetzt und überall liegen Zigarettenkippen auf dem Boden, die nehmen doch alle Drogen, und die Mädchen sind alle halb nackt, warum sind die nicht zu Hause, wie es sich für anständige Kinder gehört, die Polizei müsste mal, früher, bla, bla, bla …!

Dass die Jugendlichen keine Möglichkeit hatten sich irgendwo zu treffen, ohne dass es Geld kostete, auf diese Idee wären sie selbstverständlich niemals gekommen; es gab ja nichts, nur ein paar Kneipen in der Innenstadt, und das konnte sich niemand leisten. Es war eben so wie überall auf der Welt, alle Grauen, alle Erwachsenen, alle Regierungen vergessen die Heranwachsenden und tun nichts für sie, wobei sie vollkommen übersehen, welchen Schaden die Jugendlichen anrichten können, wenn sie vernachlässigt werden.

»Hallo Karl, ich bin hier!« Harry, Karls bester Freund, saß auf der Mauer und winkte. Also schlenderte Karl betont lässig – es waren ja jede Menge Mädchen da – auf ihn zu und setzte sich.

»Na, wie geht's, hattest du wieder Ärger mit dem Ausbilder?«, grinste Harry.

»Klar, er lässt keine Gelegenheit aus, um mich niederzumachen, lange halte ich das nicht mehr durch, das sag ich dir.«

»Mir geht's auch nicht besser, mein Ausbilder nennt mich nur noch Langhaardackel und ist mit nichts zufrieden, was soll's.«

Dann lachte er, er lachte viel. Harry war immer fröhlich und gut gelaunt, seine blauen Augen strahlten stets; er hatte lange blonde Locken, die ihm bis über die Schultern fielen, ein heller Flaum zierte seine Oberlippe; er war mittelgroß und von kräftiger Statur, da er seit seinem zehnten Lebensjahr Ringer war.

Harry wohnte in der Südstadt, zusammen mit seiner Mutter und vier kleineren Geschwistern, alle in einem Zimmer, in dem zwei Stockbetten standen, darin schliefen die Kleinen. Harry hatte nur eine Matratze, die auf dem Boden zwischen den Betten lag. Sein Vater war immer irgendwie auf Montage, Karl hatte ihn noch nie gesehen. Er schickte der Mutter am Monatsanfang Geld, das aber nie den ganze Monat reichte. Spätestens am 25sten war es alle, dann gab es nur noch Nudeln mit Soße und die Mutter wurde immer verzweifelter, weil sie nicht wusste, wie es weitergehen sollte. In ihrer Not hatte sie sogar schon versucht, Karl anzupumpen, aber der hatte ja selber nichts. So ging Harry dazu über, in den Geschäften Lebensmittel zu klauen, damit seine kleinen Geschwister was zu essen hatten. Einmal wollte Karl ihm helfen und schloss sich ihm an. Natürlich hatte er schwere Bedenken, einen Diebstahl zu begehen, aber Harrys Mutter hatte nichts mehr, was sie den Kleinen vorsetzen konnte, und bat weinend die beiden Jungs um Hilfe. Karl hatte daraufhin zu Hause zwei Dosen Maggi-

Ravioli mitgenommen, aber die waren ja auch gleich leer; und außerdem schämte sich Harry vor seinem Freund, das konnte Karl deutlich fühlen, also schob er alle seine Bedenken beiseite und ging mit. Er trug seinen Parka und schlenderte unauffällig, so dachte er zumindest, durch die Regalreihen des Supermarktes.

»Am besten sind die Fertiggerichte, die kannst du prima in einer Tasche verschwinden lassen«, hatte Harry ihm geraten, und nun stand Karl vor dem Regal mit ebendiesen Gerichten, alles in Dosen.

»Aber das geht doch nicht, wie zum Teufel soll ich eine Dose Bohneneintopf in der Tasche verschwinden lassen, die passt doch gar nicht rein!«, haderte er. Also schlenderte er – unauffällig, versteht sich – weiter.

»Ein Glas Gurken? Zu groß! Eine Packung Reis, okay, das könnte gehen.«

Mühsam und ungelenk, hektische Blicke um sich werfend, stopfte er sich den Reis in die Innentasche des Parkas, als Harry zwischen den Fertiggerichten auftauchte.

»Okay, Mann, lass uns gehen!« Er schwenkte ab Richtung Ausgang, sein Parka sah von hinten aus, als wäre er aufgeblasen, als hätte Harry zwanzig Kilo zugenommen. Karl war entsetzt.

»Das fällt doch auf, die merken das, das funktioniert niemals!«, dachte er und der Schweiß brach ihm aus, und als er dann an der Kasse hinter Harry stand, schwitzte er Blut und Wasser.

»Wenn die mich jetzt erwischen, was wird Großvater sagen, ich kann ihm nie mehr in die Augen sehen, das geht nicht gut, das geht nicht gut, oh Mann, was mach ich hier!?«

Die Packung Reis in seiner Tasche wog schwerer als ein Mühlstein, er hatte das deutliche Gefühl, dass sie ihn zu Boden zog, dass sie lebendig geworden war, dass sie plötzlich eine Stimme bekommen würde und lauthals losschreien würde: »Der hat mich geklaut, der hat mich geklaut, haltet den Dieb!«

Doch Harry hatte alles im Griff. Er verwickelte die Kassiererin in ein Gespräch, bezahlte den Laib Brot, den er demonstrativ in der Hand trug, zog Karl am Arm – »wir gehören zusammen« – nach draußen und der Spuk war vorbei.

»Fette Beute«, grinste er, »aber dich nehm ich nicht mehr mit, dir sieht man auf hundert Meter an, dass du was in der Tasche hast, du bist weiß wie eine Wand.«

»Hör zu, das ist nichts für mich, ich kann das nicht.«

»Schon okay, du musst das ja auch nicht, wenn mein Alter nicht so ein Hurensohn wäre, müsste ich das auch nicht machen.«

Der Wächter steht da mit verschränkten Armen,
seine eisernen Klauen sind in den Boden gekrallt,
sein dunkler Schatten ist eine Drohung,
der Weg in den Garten Eden ist uns versperrt.

Doch heute war alles gut, die beiden saßen auf der Mauer, teilten sich eine Cola und eine Zigarette und ließen sich von der Sonne streicheln; Mani raste mit seinem getunten Velosolex auf und ab, fuhr verwegene Kurven und Schlenker, bis es ihn irgendwann jämmerlich auf die Fresse legte, was bei ihm aber lediglich einen Heiterkeitsausbruch auslöste.

»Der spinnt!«, grinste Harry. »Aber sieh mal, die Kleine dort drüben starrt dich unentwegt an.«

Karl hatte es auch schon bemerkt. Verstohlen war sein Blick immer wieder zu der dunklen Schönheit gewandert, klein und zierlich war sie, ihre langen dunkelbraunen Haare waren wie ein seidener Vorhang, der über ihre schmale Taille floss. Ihr ovales Gesicht mit der wohlgeformten Nase und den haselnussbraunen, langwimprigen Augen lächelte in strahlender Anmut.

Karls Herz pochte wie eine Bassgitarre.

»Die ist doch viel älter, mindestens achtzehn, die will doch nichts von mir«, sagte er.

»Und warum guckt sie dann so?«

»Keine Ahnung, Mann, vielleicht seh ich aus wie ihr Bruder oder so.«

»Ihr Bruder, also echt!«, lachte Harry, er stand auf. »Ich geh mir mal ein Eis kaufen.« Er schlenderte weg und Karl saß alleine da, und als er aufblickte, sah er die Kleine auf sich zukommen.

»Hallo!«, strahlte sie. »Du bist der Karl, stimmt's?«

»Äh ja, woher weißt du?«

»Ich hab mich erkundigt über dich.«

»Ja, aber wieso denn?«

Sie lachte, von Verlegenheit keine Spur.

»Weil du mir gefällst, ich heiße Gigi, hast du eine Freundin?«

Karl merkte, wie er über und über rot wurde.

»Hoffentlich sieht sie das nicht«, dachte er, laut aber sagte er: »Äh, nein, warum?«

Jetzt lachte sie noch mehr.

»Weil du dann mit mir gehen kannst, wenn du willst, willst du?«

Karl wusste momentan nicht mehr, wo oben und unten war, saß er noch auf dieser Mauer oder nicht?

»Okay, warum nicht!«, hörte er sich sagen und es war, als ob ein anderer spräche.

Sie kam auf ihn zu, ihr wunderschönes Gesicht näherte sich dem seinen, ihre Augen waren jetzt ein tiefer Brunnen, der ihn zu sich herzog, um ihn zu ertränken; es war, als käme eine Welle über ihn, als hielte die Gegenwart kurz den Atem an; sie schlang ihre Arme um ihn und Karl konnte sie riechen. Ein Geruch, wie er ihn nie zuvor gekannt hatte, der Geruch des weiblichen Geschlechts, so süß und betörend, so köstlich und so anders als alles andere jemals zuvor. Sie roch nach Rosenblättern und nach Blütenpracht, nach dunkler Erde und lächelndem Sonnenschein, und als ihre Lippen auf die seinen trafen, war der Garten Eden nicht mehr unerreichbar, war der Wächter – vielleicht – ein wenig eingeschlafen, war die Tür einen Spalt geöffnet, für eine kleine Weile.

Gigi war aus einer Gemeinde im Hegau und Lehrling wie er. Sie arbeitete in einem Singener Blumengeschäft und war bereits im dritten Lehrjahr. Unter der Woche schlief sie in einem katholischen Heim, sodass Karl sie jeden Tag sehen konnte, aber so weit waren sie noch nicht, jetzt hatten sie sich erst mal verabredet für den nächsten Tag, und als Karl diesen Abend nach Hause ging, da war sein Herz so voll, dass es zu zerspringen drohte. Die aus der Südstadt lagen heute nicht auf der Lauer, und der Nachthimmel war so klar und funkelnd wie Diamanten auf schwarzen Samt gestreut, die Mondsichel stand hell und strahlend über dem Schnaidholz, und Karl, der dort im Dunkeln zwischen seinen Bäumen ging, war mittendrin, im Herzschlag der Zeit

***

Im Winter, wenn es richtig kalt war, dann wurde die schräge Wand über Karls Sofa nass und eisig. Es war ein altes Haus, das Haus in der Steißlinger Straße, zwischen den beiden Kriegen erbaut, mit schlechtem Material, Isolation gab es keine, und wenn der Ruß spuckende Ölofen aus war, die Großmutter heizte aus Kostengründen nur ein bis zwei Stunden am Nachmittag, wurde es im Zimmer so kalt wie draußen und die Feuchtigkeit an der Wand über Karls Bett gefror zu Eis. Da lag er dann im Bett, hatte seine Pudelmütze auf und war zugedeckt bis zur Nasenspitze; an seinen Füßen hatte er eine eiserne Bettflasche, in der das Wasser gluckerte und an der er sich jedes Mal zuerst die Füße verbrannte, bevor sie dann mollig warm gab. Draußen vor dem Fenster knackten die Bäume im Schnaidholz vor Kälte und an der Scheibe blühten Eisblumen in all ihrer Pracht und frostiger Schönheit. Und Karl? Der war in Alaska! Der Wind stöhnte wie eine arme Seele, peitschte Schneeflocken spitz wie Nadeln in sein Gesicht, während er sich Schritt für Schritt durch den immer stärker werdenden Blizzard kämpfte; seine Schlittenhunde waren vollkommen erschöpft und nur Karls übermenschliche Kraft und sein eisernes Durchhaltevermögen brachten sie noch vorwärts. Im Schlitten lag, in mehrere Felle gehüllt, Jack London, den Karl aus diesem Inferno gerettet hatte, weil er selbst nicht mehr in der Lage war, ins Igludorf am Rande der Welt zurückzukehren. Karl hatte ihn gefunden, in all dem Schneegestöber, und nur ihm, Karl, war es zu verdanken, dass Jack Londons Bücher der Menschheit zur Verfügung standen, und sogar der eisige Polarwind hatte Respekt vor diesem tapferen Jungen, und selbst die hungrigen Wölfe heulten nur in sicherer Distanz, weil sie sich vor ihm fürchteten – und dann schlief Karl ein.

Irgendwann hatte der Großvater beschlossen, dass es so nicht weitergehen könne.

»Die nasse Wand muss weg!«, sagte er beim Abendessen. »Die Kinder holen sich sonst noch den Tod.« Also wurde ein Handwerker bestellt, der die abgetrocknete Wand mit einer Lage Styropor zur Isolation überzog, anschließend wurde die Tapete wieder darübergeklebt.

Karl und seine Schwester waren fasziniert, die Wand fühlte sich nun warm an, strahlte Wohlbehagen aus, war irgendwie weich, weich und anschmiegsam. Doch leider auch sehr empfindlich, drückte man mit dem Finger dagegen, entstand sofort ein Loch, eine irreparable Delle.

»Ihr dürft die Wand jetzt nicht mehr berühren, seid vorsichtig! Karl, du darfst das Sofa nicht mehr anlehnen, es hat viel Geld gekostet, also passt auf!«, warnte der Großvater.

Und da lag er nun, abends im Bett, der Karl, und sah diese Wand vor sich und wusste, dass er sie nicht berühren durfte, und wusste auch, dass sie warm war und sich so angenehm anfühlte, und dass er sie nicht berühren durfte, oh ja, das wusste er, aber sie war so verlockend, sein Arm, der wollte zu ihr hin, zu der Wand, das konnte er, der Junge, gar nicht steuern, das war so, der Arm, der wurde angezogen von der Wand – bestimmt!

»Meinst du, ich könnte mal hinfassen, ganz vorsichtig?«, kam es aus dem Bett seiner Schwester und trug nicht unbedingt dazu bei, dass es ihm leichter wurde. Aber er beherrschte sich und schlief ein, und nun rutschte ihm der vermaledeite Kopfkeil weg und dann, im Schlaf, weil er sich ja dagegen wehrte, aus dem Bett zu fallen, rammte er mit dem Ellbogen oder dem Knie die Wand und am Morgen war dann eine Delle in der Tapete und der Großvater schimpfte und war zornig und war böse auf ihn, auf Karl. Der war verzweifelt, weil er ja gar nicht wusste, wie das zustande gekommen war, und weil er jetzt jede Nacht nicht nur mit dem Kopfkeil, sondern auch noch mit der Wand zu kämpfen hatte.

***

Samstagabend war's so weit, Karl traf sich mit Gigi. Zu Fuß, um das Busgeld zu sparen, war er zum katholischen Mädchenheim in der Nordstadt gegangen, dort saß er nun auf einer Mauer, drehte sich eine Zigarette und wartete auf seine Freundin, sein Mädel – die, mit der er ging. Die Abendluft war mild, ein paar Spatzen in den Bäumen schimpften sich gegenseitig aus und die Mondsichel stieg langsam über den schläfrigen Rand der Welt. Es war ruhig, ruhig und friedlich. Karl war so froh wie lange nicht.

»Wie schön es ist, wenn man jemanden hat, auf den man sich freuen kann«, dachte er.

Und dann kam sie, Gigi – die, mit der er ging –, sie

trug eine gelbe Bluse mit Rüschen an Hals und Ärmeln, dazu eine hautenge, verwaschene Levis. Ihre braunen Haare umschmeichelten das Gesicht und flossen über die Schultern wie Liebkosungen; sie war so schön, so perfekt, dass es Karl die Rede verschlug. Aber das war weiter nicht schlimm, denn sie schlang sofort ihre Arme um ihn und ihre Lippen fanden die seinen.

»Das«, dachte Karl, »ist gar nicht so übel, wenn man nicht weiß, was man sagen soll, küsst man sich einfach.«

»Komm«, sie nahm seine Hand, »wir gehen in die Stadt, ich lad dich ein, auf ein Eis.«

Also gingen sie, Hand in Hand, Gigi plapperte drauflos, erzählte von ihrer Arbeit, vom Heim, ihren Freundinnen, indes Karl nebenherlief wie auf Wolken, die entgegenkommenden Passanten angrinste wie ein Dorfdepp, weil er so glücklich war, so stolz, dass er dachte, jeder müsse ihn bewundern und beneiden, wie er da ging, Hand in Hand, mit diesem wunderbaren Geschöpf an seiner Seite. Irgendwann, er hatte es gar nicht richtig bemerkt in seiner Euphorie, kamen sie an der Eisdiele an.

»Oh, sieh doch nur, sie ist geschlossen, schade, ich hätte so gerne ein Eis gehabt!«, sagte Gigi.

»Wir könnten in den Wienerwald gehen, dort gibt es auch Eis, was meinst du?«, schlug Karl vor.

Im Wienerwald war es so gut wie leer, die beiden setzten sich in eine Fensternische und Gigi plapperte und plapperte von diesem und jenem und Karl nickte und nickte und war froh.

So nach zehn Minuten schaute sich Gigi im Lokal um und sagte: »So langsam könnte mal jemand kommen, so viel ist hier auch nicht los!«

Der Kellner stand vorne am Tresen, rauchte eine Zigarette und machte keinerlei Anstalten, sich zu bewegen, und als Karl ihm winkte, drehte er sich auch noch um.

»Hallo, können wir bitte etwas bestellen!«, rief Karl.

Der Kellner, ein schon etwas älterer Mann mit Glatze und grauen Schläfen, drehte sich sehr langsam um und kam dann, sehr gemächlich, auf die beiden zugeschlendert. Vor dem Tisch blieb er stehen und sah Karl an.

»Ihr bekommt hier gar nichts«, sagte er dann, »solche wie euch brauche ich nicht zu bedienen, das wäre ja noch schöner, macht, dass ihr hier rauskommt, langhaariges Drecksgesindel!« Damit drehte er sich um und ging weg.

Karl wäre am liebsten im Erdboden versunken, so sehr schämte er sich vor seiner Freundin. Dass ihm solche Dinge öfter passierten, daran war er schon gewöhnt, aber dass es jetzt in Gigis Beisein geschah, war schlimm. Er wurde rot vor Scham und das Blut pochte in seinen Adern.

Gigi nahm seine Hand.

»Komm, wir gehen!« Sie zog ihn zum Ausgang. Draußen lehnte sich Karl an die Wand, weil er zitterte vor Wut und Ekel.

»Das ist doch nicht so tragisch, mach dir nichts draus!«, versuchte Gigi ihn zu trösten, aber Karl dachte nur: »Jetzt verachtet sie mich sicher. Wenn ich ein richtiger Mann wäre, hätte ich den Kerl niedergeschlagen. Manchmal«, dachte er dann noch, »manchmal kommt es mir so vor, als könnten die Grauen es fühlen, wenn man glücklich ist, und sie setzen dann alles daran, einem dieses Gefühl zu zerstören.«

***

Ein neuer Schüler war in Karls Klasse gekommen, der Rektor hatte ihn diesen Morgen hereingeführt und vorgestellt.

»Alle mal herhören«, hatte er gesagt, »ich bringe euch hier einen neuen Mitschüler, sein Name ist Antonio und er wird bis zum Schulabschluss bei uns bleiben. Seine Eltern, die als Gastarbeiter aus Italien in unserem Land leben, sind von Stuttgart hierher zu uns gezogen, weil sein Vater bei uns eine Arbeitsstelle bekommen hat. Antonio spricht sehr gut Deutsch, also gibt es keine Verständigungsprobleme.«

Damit schob er den Jungen in die Bank neben Karl, weil das der einzige freie Platz war. Verstohlen betrachtete Karl den Neuen, dessen kurz geschnittene Haare schwarz und dessen Haut viel dunkler war als die der anderen Kinder. Er war etwa gleich groß, aber kräftiger gebaut als Karl, jetzt saß er stocksteif auf seinem Stuhl und wandte den Kopf weder nach rechts noch nach links.

»Das ist bestimmt schwer, in eine neue Klasse zu kommen, man kennt keinen und niemand spricht mit einem«, dachte Karl und nahm sich vor, in der Pause mit Antonio zu reden, denn der konnte ja Deutsch.

Doch als es dann klingelte, war Antonio blitzschnell verschwunden, und als Karl im Schulhof ankam, sah er ihn in einer hinteren Ecke stehen, umringt von ein paar älteren Jungen, die ihn anpöbelten. Es waren die üblichen Rabauken, die, denen man aus dem Weg ging; der Anführer wurde Mäusemelker genannt, Karl hatte nie erfahren warum. Er war einen Kopf größer als die anderen und seine Statur mit den langen Armen hatte etwas Affenartiges, Animalisches, seine Spezialität war es, Mitschüler auf dem Nachhauseweg abzufangen, um sie zu drangsalieren und zu verprügeln, natürlich nur die jüngeren und schwächeren. Jetzt, umringt von seinen Speichelleckern, führte er das große Wort.

»He, seht mal, jetzt haben wir auch einen Itaker, einen Zitronenschüttler, was will der denn hier.«

»Der kommt sicher morgens mit seinem Esel in die Schule geritten!« Grölendes Gelächter.

Antonio stand dort, inmitten dieses Pöbels, ganz ruhig stand er da, sein Gesicht war wie erstarrt, doch sein Körper war angespannt, das konnte Karl sehen, er war ohne Furcht, der Italiener, stand dort erhobenen Hauptes.

»Jetzt fühlt er sich so, wie ich mich fühle, wenn die Erwachsenen mich den Unehelichen nennen«, dachte Karl.

»Lasst ihn doch in Ruhe, der ist in meiner Klasse!«, hörte er sich sagen und war selbst erstaunt, woher er den Mumm nahm.

Der Mäusemelker drehte sich um und kam auf ihn zu.

»Was willst du denn, du Ratte, hau ab!«

Er packte Karl am Kragen und stieß ihn weg, dann drehte er sich zu Antonio um.

»Hast wohl 'nen Freund gefunden, Spaghettifresser.«

Er streckte den Arm aus, um den Jungen am Hals zu packen, aber dazu kam es nicht mehr; bevor seine Hand zugreifen konnte, war Antonio zur Seite ausgewichen und schlug ihm mit einer einzigen schnellen Bewegung die Faust ins Gesicht; das war so blitzartig gegangen, dass alle wie erstarrt dastanden.

Der Mäusemelker griff sich an die Nase, aus der das Blut schoss.

»Das Schwein, der hat mich geschlagen, los, gebt's ihm!«, jammerte er.

Seine Kumpane schlossen nun einen Kreis um Antonio, doch der hatte seinen Gürtel gezogen und schwang ihn, mit der schweren, eisernen Schnalle voraus, um seinen Kopf. Keiner wagte es, ihn anzugreifen; auf einmal waren sie alle feige, hatten Angst vor dem Spaghettifresser und trollten sich, einer nach dem andern.

»Dich erwisch ich!«, zischte Mäusemelker, als er an Karl vorbeiging.

»Pass lieber auf deine Nase auf, Arschloch!«, konnte Karl sich nicht verkneifen, obwohl ihm klar war, dass er sich damit einen unangenehmen Feind gemacht hatte.

»Danke, dass du mir helfen wolltest!«, sagte Antonio und hielt Karl die Hand hin.

»Na ja, ich glaube, du benötigst niemandes Hilfe«, lachte Karl.

Nach der Schule stellten die beiden dann fest, dass sie den gleichen Nachhauseweg hatten. Antonio wohnte in den Baracken hinter der Steißlinger Straße, sein Vater arbeitete in der Aluminiumfabrik und sein älterer Bruder machte dort eine Lehre als Maschinenschlosser.

Antonio war Sizilianer, seine Familie kam aus Randazzo, einer kleinen Ortschaft am Fuße des Ätna, des immer noch Feuer speienden Vulkans am Rande Europas.

»Weißt du«, erzählte Antonio, »wenn er ausbricht, und das tut er oft, dann spuckt er glühende Lava aus seinem Schlund, die ist so heiß wie die Hölle, sie quillt über den

Rand des Kraters, und mein Großvater sagt dann, es ist fast so, als ob die Erde sich erbricht vor Scham über die Menschen.«

»Aber warum soll sich die Erde erbrechen wegen der Menschen? Das versteh ich nicht«, wunderte sich Karl.

»Weil sie so dumm sind, so dumm und so grausam!«, antwortete Antonio.

»Dann seid ihr deswegen dort weggezogen, wegen des Vulkans?«

»Nein, wir sind dort weggezogen, weil es keine Arbeit gab und weil mein Vater uns dort nicht ernähren konnte, und ein Mann verliert seine Würde, wenn er nicht imstande ist, seine Familie zu ernähren.«

Mittlerweile waren sie an den Baracken angekommen.

»Komm herein, ich stelle dich meinen Eltern vor, mein Vater ist jetzt zu Hause, er hat Nachtschicht!«, meinte Antonio und Karl ging mit. Natürlich war er neugierig, wie es wohl aussah in den Baracken, denn, so hatten ihm die Erwachsenen erzählt, die würden wie die Zigeuner hausen. Und wie überrascht war er dann, als er sah, wie es wirklich war.

Die Baracke bestand aus drei Räumen, einem Wohnzimmer mit großen geöffneten Fenstern, in denen sich die weißen Gardinen leicht im Wind bauschten; es gab ein Zimmer für die beiden Brüder und eins, in dem die Eltern schliefen, der Herd stand in einer Nische im Korridor. Im Wohnzimmer war der Tisch gedeckt und eine Blumenvase mit leuchtenden Sonnenblumen stand in seiner Mitte. Auf einem kleinen Beistelltisch unter dem Fenster befand sich eine Madonnenfigur, die mit Margeriten bekränzt war. Antonios Mutter, eine ältere Frau in einem schwarzen Kleid, kam auf die beiden zu, küsste ihren Sohn und gab Karl die Hand. Und dann kam der Vater, ein kleiner, hagerer Mann mit einem schon angegrauten Stoppelbart. Er trug einen grauen Anzug, dazu eine Krawatte und glänzend polierte schwarze Lederschuhe. Er ging aufrecht und strahlte so viel Würde, Persönlichkeit und Haltung aus, wie es Karl noch nie gesehen hatte.

»Du hast einen Freund mitgebracht!«, sagte er und legte Antonio die Hand auf die Schulter. »Es ist uns eine Ehre, wenn du unsere Mahlzeit mit uns teilst!«, fuhr er dann fort, zu Karl gewandt. »Bitte nimm Platz!«

So setzte sich Karl an den Tisch und erhielt einen Teller mit herrlich nach Basilikum und Lauch duftender Minestrone, einen mit Knoblauch gewürzten Hühnerschenkel und dazu wunderbar weiche, von Antonios lächelnder Mutter selbst gemachte Gnocchi, und es war das Schmackhafteste, das er je gegessen hatte.

»Weißt du«, grinste Antonio, »eigentlich essen wir gar nicht so oft Spaghetti.«

Dann lachte er und Karl lachte mit.

Später dann, am Nachmittag, als er durch den Schnaidholz streunte, hörte er, wie der Wind leise flüsternd durch die Baumwipfel strich.

»Das ist das Lied des Waldes«, dachte er, »und die Bäume sind der Gesang, den die Erde zum Himmel schickt.« Da wurde ihm ganz leicht.

***

Samstagabend hatte Karl Gigi abgeholt, sie wollten in den Scotch Club, alle gingen dorthin, es war die angesagteste Disco in Singen; ein langer, schlauchartiger Raum mit einer Bar, hinter der die Flaschen in Regalen aufgereiht waren wie die angetretenen Soldaten. An der gegenüberliegenden Wand waren Nischen aus hölzernen Balken, im Halbdunkel herrlich zum Knutschen geeignet. Gigi trug diesen Abend ein dunkelrotes, eng anliegendes Batikshirt und hatte ihre langen Haare zu zwei Zöpfen gebunden, die locker über ihre kleinen Brüste fielen; sie war so herrlich anzusehen, dass ein wohliges Gefühl durch Karls Körper rieselte, wie ein warmer Frühlingsregen. Er hatte sich zwanzig Mark von seiner Großmutter geliehen, damit er Gigi diesen Abend freihalten konnte, denn allzu oft hatte sie bezahlt, und das war ihm peinlich. Wie konnte er sich von seiner Freundin aushalten lassen, das ging doch nicht!

»Ich verdiene doch viel mehr als du, das ist schon okay!«, hatte sie abgewehrt, aber das beruhigte ihn nicht.

»Stell dich nicht so an«, erklärte ihm Harry, »wenn sie zahlen will, lass sie doch.«

»Aber das ist mir peinlich, schließlich bin ich der Mann, und da ich sowieso auch noch jünger bin, was soll sie denn von mir denken.«

»Mann«, grinste Harry über beide Backen, »deine Sorgen möchte ich haben, ich wär' froh, wenn mal eine für mich löhnen würde, und du hast Skrupel, also echt, bedank dich halt, indem du sie im Bett richtig bedienst, alles klar?«

»Ja klar!«, nickte Karl und tat dann ganz erfahren, obwohl genau das Gegenteil der Fall war, aber das traute er sich nicht zu sagen, nicht einmal zu Harry, der sein bester Freund war.

Er, Karl, war ja von seinen Großeltern sehr katholisch erzogen worden, über irgendwelche geschlechtlichen Dinge wurde niemals gesprochen, zu fragen traute er sich auch nicht, alleine der Gedanke, Großvater über Derartiges zu befragen, trieb ihm die Schamröte ins Gesicht; also hatte er sein spärliches Wissen aus irgendwelchen obskuren und meist genauso schlecht informierten Quellen. Ja, um genau zu sein, er wusste gar nichts. Und nun das, eine ältere Freundin, oh Mann! Also ergriff er jeden Strohhalm, der sich ihm bot, will heißen, er versuchte sich durch den Film zu bilden. In Singen gab es ein Kino, das die ganzen verdorbenen und schweinischen Filme zeigte, vor denen die Großeltern gewarnt hatten; es war das Bambi, und dort liefen auch die Filme von Oswalt Kolle, dem Aufklärer der Nation. Also ging er eines Samstagabends dorthin, das war er seiner älteren Freundin schuldig.

»Bambi, das passt ja nun irgendwie auch nicht für ein Sexkino«, sinnierte er und schlich dann hochroten Kopfes in den Vorführraum, wo er sich in der obersten Reihe – »hier sieht mich keiner« – niederließ.

Licht ging aus, Film lief ab, auf der Leinwand sah man ein nacktes Paar, das hölzern agierte, während Oswalt Kolle mit wissenschaftlicher Miene die verbale Erklärung zum Geschehen gab.

»Das ist der Busen, die Frau besitzt zwei davon, einer rechts, der andere links, der Busen ist ein erotisches Signal für den Mann, weiter unten befindet sich die Vagina, dort liegt das Lustzentrum der Frau.«

»Ach du Scheiße«, dachte Karl, und so ging's dann weiter. Kolle erklärte den männlichen Penis und in welcher Beziehung er zur Vagina stand, beziehungsweise wenn er stand, was »Mann« (es folgte eine kurz umrissene Anleitung zum Gebrauch eines Kondoms) dann damit machen sollte, um Frau, die ja danach und nur danach lechzte, glücklich zu machen, und so weiter und so fort. Auf der Leinwand wälzten sich unter exaltiert orgiastischem Stöhnen und Hecheln zwei bleiche Körper und veranschaulichten dem deutschen Normalbürger, was eine sexuelle Ekstase ist, beziehungsweise sein sollte, und es war so lächerlich, dass es nicht zum Aushalten war, und als Karl gerade gehen wollte, um nicht über die vor ihm liegende Sitzreihe zu kotzen, setzte sich ein älterer Mann neben ihn und sagte: »Wenn du etwas über Sex wissen willst, mein Junge, dann kann ich dir behilflich sein!«, und während er das sagte, legte er seine Hand auf Karls Knie. Der schlug die kotige Pfote von sich, sprang auf und floh aus dem Kino, und draußen wurde ihm dann fast schlecht, so angeekelt war er, und er rannte durch die Scheffelstraße, bis seine Lunge pfiff und er den Stadtgarten erreicht hatte, und erst der Anblick des ruhig dahinfließenden Wassers der Aach und eines Reihers, der ihn mit traurigen Augen ansah, beruhigte ihn wieder. Diesen Abend nun, in Betrachtung der für ihn so aufreizenden Anmut seiner Freundin, fiel ihm der Film wieder ein, und dass die Frauen ja nur »danach« lechzten, fiel ihm auch wieder ein; aber wie lächerlich und abstoßend er das alles gefunden hatte, das war ihm momentan total entfallen und auch egal.

»Ich muss etwas unternehmen«, dachte er, schon leicht

panisch, »immer nur küssen und umarmen reicht ihr nicht, sie ist ja schon viel älter und erwartet sicher, dass ich endlich die Initiative ergreife; theoretisch weiß ich ja nun, wie's geht. Also heute, wenn ich sie nach Hause bringe, dann muss es passieren. Wenn ich noch lange damit warte, sucht sie sich einen anderen.«

Seine Gedanken verweilten kurz bei der Bank im Park, dem Heim gegenüber, und so war es beschlossen, es würde die Nacht der Nächte werden, diese Nacht. »Doch halt«, durchschoss es ihn, »hatte Kolle nicht ausdrücklich gewarnt, hatte er, der Sexualmeister, nicht dringend den Gebrauch eines Kondoms angeraten?

»Okay, okay, auf dem Männerklo hängt so ein Automat mit Parisern, alles kein Problem!«, beruhigte sich Karl und sah nach Gigi. Die tummelte sich zusammen mit ihrer Freundin Rosanna auf der Tanzfläche und badete im blauen, rotierenden Schein der Lichtorgel.

»Dann los!«, murmelte er und schob sich durch die pulsierende Menge tanzender Teens in Richtung Toilette. Er wartete, bis niemand mehr im Raum war, dann warf er eine Mark in den Kasten, der über dem Waschbecken an der Wand hing, und zog schnell die Schublade. Nun hatte er ja keinerlei Ahnung, wie man dieses Ding benutzt, ja, er wusste nicht einmal genau, wie so ein Kondom in echt aussah. Also schloss er sich im Klo ein und riss die Verpackung auf.

Neugierig betrachtete er diese glibberige, zusammengerollte Tüte, und nachdem er einen ersten Trockenversuch an seinem Daumen absolviert hatte, kam er sich dann schon recht erfahren vor.

»Na also, klappt doch, dem alten Kolle sei Dank und

Ehr«, grinste er und warf den abgerollten Pariser in die Schüssel. Nachdem er sich versichert hatte, dass die Luft rein war, warf er eine weitere Mark in den Automaten und zog die Schublade, doch genau in diesem Augenblick ging die Tür auf und ein Junge kam herein; es war einer der älteren, einer von denen, die neidisch auf ihn waren, weil er der Freund von Gigi war, und weil sie es selber gern gewesen wären, das wusste er, der Karl, und was er auch noch wusste, war, dass es nun Ärger geben würde, denn das konnte er förmlich riechen. Er nahm das Kondom, steckte es in die Hosentasche und schob die Schublade wieder zu.

Der ältere Junge baute sich vor ihm auf.

»He, du kleiner Pisser, was machst du denn da, das glaub ich nicht, kauft der Scheißer Kondome, was willst du denn damit?«

»Das geht dich nichts an, das ist meine Sache.«

»Ist das für die Kleine, hä, du bumst die Kleine, hä, das glaub ich nicht.« Er griff nach Karl.

Der trat einen Schritt zurück.

»Das geht dich nichts an, kümmere dich um deine Sachen.«

»Jetzt wird er auch noch frech, der Arsch, kriegst ja noch nicht mal einen hoch, kannst es der Kleinen doch sowieso nicht besorgen.«

Dass man von den älteren Jungen beschimpft und verspottet wurde, daran war Karl gewöhnt, das war egal, aber als der Ältere so abfällig von Gigi sprach, das konnte Karl nicht ertragen, das war so, als ob ein Nadelstich in sein Herz drang, als ob eine brennende Flüssigkeit durch seine Adern rauschte und in seinen Kopf stieg, wo sie rot glühend hinter seinen Augäpfeln brannte, und als der andere erneut nach ihm griff, schlug er zu, so schnell und überraschend, dass der Ältere zu keinerlei Abwehrbewegung fähig war und erst bemerkte, was ihm geschah, als Karls Faust auf seinem Nasenbein explodierte; und Karl schlug weiter, zwei, drei Mal, bis der andere wegsackte und seitlich in die Pissrinne fiel. Dann hörte Karl auf und floh den Raum in maßlosem Erstaunen über sich selbst und über all das, was da auf ihn einstürmte.

Um sich zu beruhigen, stürzte er auf die Tanzfläche, er musste sich bewegen, um die Adrenalinschübe seines Körpers abzuleiten, also schüttelte er sein Haar im wilden Rhythmus von Alvin Lees »I'm going home«, und dass Gigi ihn anlächelte, gab ihm noch mehr Auftrieb.

»Ich hab zugeschlagen, ich bin stark, mir kann keiner was!«, dachte er im Takt zum tobenden Beat und war glücklich und stolz. Da riss ihn jemand von hinten an den Haaren, er taumelte, doch der andere zerrte ihn von der Tanzfläche, zerrte ihn vor aller Augen quer durchs Lokal zum Ausgang, riss so sehr an seinen Haaren, dass Karl nichts weiter übrig blieb, als hinter ihm herzustolpern. Es war der Rausschmeißer, ein Vieh von Kerl, älter als Karl, der vom Wirt den Auftrag hatte, ihn vor die Tür zu setzen, weil er sich so wild gebärdete.

»Lass dich hier nicht wieder blicken, du hast Lokalverbot!« Und damit stand er vor der Tür, nur das fahle Licht des nächtlichen Mondes fiel auf sein schamglühendes Gesicht.

»Nicht nur die Grauen sind's, die es zu fürchten gilt, sondern auch die, welche ihre Seele an sie verkauft haben«, dachte er, und als ihm dann schlagartig bewusst wurde, dass Gigi all das mit angesehen hatte, gesehen hatte, wie er durch die Kneipe gezerrt wurde wie ein Kalb am Strick, wie er gedemütigt wurde vor aller Augen, als ihm das bewusst wurde, da wuchs ein Schluchzen in seinem Inneren, das war so mächtig, dass es ihn übermannte und er losrannte, als wären alle Höllenhunde hinter ihm her.

> *»Irgendwo muss doch ein Ausweg sein«,*
> *   sagte der Joker zum Dieb,*
> *»die Verwirrung ist zu groß,*
> *   ich kenne mich nicht mehr aus.«*
> *»Kein Grund zur Verzweiflung«,*
> *   antwortete der Dieb freundlich,*
> *»es gibt hier viele unter uns,*
> *   die empfinden das Leben nur als Witz.«*

***

In der achten Klasse bekam Karl eine neue Deutschlehrerin, Fräulein Rauch war Schulrätin geworden und Karl vermisste sie sehr. Die Neue war noch jung, obwohl sie äußerlich alt wirkte und es tatsächlich auch war – im Innern. Mit ihrem Pony und den in gedeckten Farben gehaltenen, unförmigen Kleidern wirkte sie ausgesprochen altjüngferlich. Direkt von der Uni kommend, war sie unsicher und gehemmt, hatte keinen blassen Dunst davon, welche Schwierigkeiten auf jemand zukommen, der plötzlich vor einer Klasse von dreißig pubertierenden Jugendlichen steht.

Also versuchte sie es erst einmal mit Güte und geheucheltem Verständnis.

»Wenn wir alle schön zusammenarbeiten, ich meine, so wie ein großes Team, also mit gegenseitigem Respekt und Rücksicht, dann wird es keinerlei Probleme geben.«

»Dann nehmen Sie mal Rücksicht auf uns und geben uns keine Hausaufgaben auf!«, rief Antonio und die Klasse grölte lauthals.

»So habe ich das nicht gemeint!«, wehrte die Neue ab, doch ihre darauf folgende Erklärung ging im allgemeinen Tumult unter. Und auch in den nächsten Wochen gelang es ihr nicht, sich durchzusetzen oder in irgendeiner Weise das Interesse und die Aufmerksamkeit der Klasse zu erwecken. Und als ob das alles nicht genug wäre, beging sie dann noch den größten Fehler, den ein Lehrer machen kann, sie verriet ihre Klasse.

Sie rannte zum Rektor und beschwerte sich. Also trat dieser, rot glühend, wutschnaubend und kiefermahlend, vor die 8 a und hielt einen langen, ausführlichen Vortrag über das Verhalten einem vorgesetzten Lehrer gegenüber. Allerdings geriet dieser Vortag so lang und so ausführlich, dass niemand mehr richtig zuhörte und bereits wieder eine gewisse Unruhe aufkeimte, das heißt, er redete gegen eine Wand, redete so schnell, dass ihn seine eigenen Gedanken überholten, und gab dann kopfschüttelnd auf.

»Perlen vor die Säue, Perlen vor die Säue«, skandierte er und verließ angewidert den Raum.

Und so kam's, dass die Neue, die sich nicht anders zu helfen wusste, nur noch Unterricht mit den Schülern der vorderen Bänke hielt, dort hatten sich die Streber zusammengerottet.

Und hinten tobte der Mob. Wenn es dann zu arg

wurde, dann schlich sie nach hinten, packte einen der Schüler an den Haaren, riss und zerrte daran, bis diesem die Tränen über die Wangen liefen. Das war dann ihre Auffassung von Pädagogik, auf einen einfachen Nenner gebracht. Und meist traf es Karl oder Antonio.

Gegenüber der Schule, nur durch einen kleinen Park abgetrennt, lag die alte Ten-Brink-Villa, ein verlassenes, marodes Gemäuer, schaurig und unheimlich, und doch wirkte es auf die Schüler wie ein Magnet. Lange, in schwere Schatten gehüllte Flure führten zu hohen, nackten Räumen, in deren Ecken man gewillt war, Dämonen lauern zu sehen. Verborgene Tapetentüren führten in pechschwarze, fensterlose Kammern, in denen die Furcht erbarmungslos lauerte. Die morsche Holztreppe, die in den zweiten Stock führte, ächzte und girrte unter den Füßen wie ein lebendiges Tier. Durch trübe, teilweise eingeschlagene Fensterscheiben pfiff der Wind und heulte entseelt durch die langen Gänge. Für Karl und Antonio gab es nichts Abenteuerlicheres, als die Nachmittage in der Villa zu verbringen, obwohl es streng verboten war, der Rektor hatte diesbezüglich extra einen Aushang angefertigt.

Eines Nachmittags hatten Karl und Antonio die halbe Klasse dazu überredet, eine Exkursion in die Villa zu unternehmen. Die Mädchen waren Feuer und Flamme und kicherten unentwegt, während die Jungs bereit waren, ihren Mut zur Schau zu stellen. So drangen sie immer weiter in das Gebäude vor; nach und nach gewann die Dunkelheit und Düsternis die Oberhand und die Gruppe wurde immer stiller.

»Das ist aber unheimlich hier«, flüsterte Lisa, »ich habe Angst.«

Karl konnte zwar nicht viel sehen im Dunkeln, war sich aber sicher, dass Antonio grinste.

»Komm, gib mir deinen Arm, ich werde dich beschützen!«, hörte er ihn sagen.

Karl sah zu Janet, auf die er schon lange ein Auge geworfen hatte.

»Wenn du willst, kannst du meinen Arm nehmen«, sagte er und war froh über die Dunkelheit, weil sie seine Schamesröte verbarg. Ein wohliges Gefühl durchströmte ihn dann, als Janet seinen Arm nahm und sich an ihn schmiegte.

»Wir gehen uns mal das Erkerzimmer ansehen!«, rief Antonio und verschwand mit Lisa im Schatten.

»Weißt du was, im Keller gibt es richtige Katakomben, wenn du willst, zeig ich sie dir!«, schlug Karl Janet nicht ohne Hintergedanken vor.

»Okay, aber du musst mich beschützen.«

»Na klar, kein Problem!« Karl nahm ihre Hand und zog sie zur alten, modrigen Kellertreppe. Es roch nach Fäulnis und Verwesung. Die Treppe mündete in einen langen aus groben Natursteinen gemauerten Gang, die Luft war zum Schneiden dick, an den Wänden schimmerten kleine Rinnsale wie die Adern eines Lindwurms. Janet klammerte sich an Karl, presste seinen Arm und stieß einen spitzen Schrei aus.

»Hier kriegst du mich nicht rein, lass uns umdrehen!«

»Jetzt komm, alles halb so wild!« Karl riss ein Streichholz an, dessen Schein die ersten zwei Meter ausleuchtete, dann verlor sich das Licht, wurde verschluckt von tiefer, dräuender Finsternis, verschwand im Gang, als führte dieser direkt ins dunkle Herz der Erde.

Janet zerrte an seinem Arm: »Komm schon, ich will hier weg.«

»Na gut«, brummte Karl und wollte losgehen, doch genau in diesem Augenblick war von oben Gebrüll zu hören, Karl erkannte deutlich die zornkranke Stimme des Lehrers.

»Alle sofort rauskommen, das Haus ist umstellt!« Oben entstand Tumult, das Scharren von Füßen war zu hören, begleitet vom Gebrüll des Lehrers, der mit zwei Kollegen und dem Dorfpolizisten angerückt war, um die Bösewichter zu stellen.

»Mist, irgendjemand hat uns verraten, wenn das mein Vater erfährt, was sollen wir denn jetzt machen!?«, jammerte Janet.

»Sei leise, die kriegen uns nicht, der Gang führt unter dem Garten durch und endet weiter hinten im Park, dort ist ein Ausstieg, da sieht uns keiner, komm, los!«

Sich behutsam an der Wand entlangtastend zog er die zitternde Janet hinter sich her. Nach einer Weile, die dem Mädchen wie eine Ewigkeit vorkam, schimmerte ein schwaches Licht von oben durch das Gitter, mit dem der Ausstieg abgedeckt war. Karl erklomm die eisernen Trittstufen und hob es vorsichtig an, die Luft war rein.

»Niemand da, komm, schnell.« Er half Janet nach oben und verschloss den Schacht.

»Siehst du«, grinste er, »geht doch nichts über einen Geheimgang.«

Doch am nächsten Morgen in der Schule lachte er dann nicht mehr, denn alle Beteiligten an der Aktion wurden zum Rektor zitiert und er sogar als Erster.

»Irgendein Schwein hat euch verraten, wahrscheinlich

um keine Strafe zu bekommen, wenn ich den erwische ...!«, zischte ihm Antonio zu, als Karl ins Rektorat schlurfte. In Anbetracht der zu erwartenden Prügel war ihm eher unwohl, doch was dann geschah, verwirrte ihn sehr. Der Rektor saß hinter seinem Schreibtisch wie ein leibhaftiger Racheengel, aber er brüllte und tobte nicht, sondern stellte ganz sachlich seine Fragen. Karl gab bereitwillig Auskunft, warum sollte er lügen, es war ja alles bekannt. Nur als der Rektor den Namen des Mädchens wissen wollte, mit dem er geflüchtet war, verweigerte er die Antwort.

»Das sag ich nicht, ich verrate niemanden, das gehört sich nicht.«

Wutschnaubend sprang der Rektor aus seinem Sessel.

»Willst du mich vielleicht Moral lehren, du sagst mir auf der Stelle den Namen oder du trägst die ganze Last der Bestrafung.«

Mehr als mich schlagen kann er nicht, und das macht er sowieso, dachte Karl. Laut sagte er: »Tut mir leid, ich kann nicht.«

Doch nun geschah das Seltsame. Der Rektor sah ihn eine Minute lang starr an, dann öffnete er die Tür zum angrenzenden Zimmer und schob Karl hinein.

»Du wartest hier, bis ich dich rufe.«

Er ging zurück ins Rektorat, ließ aber die Tür einen Spaltbreit auf.

Einen nach dem andern holte er sich nun die beteiligten Jungs herein, schrie und tobte und verteilte Ohrfeigen nicht zu knapp, aber nur an die Jungen, die Mädchen verschonte er.

Karl, der hinter der Tür stand, der ja den Raum nicht verlassen konnte, musste alles mit ansehen.

»Mich hebt er sich für den Schluss auf, fürs Finale«, dachte er.

Als der letzte der Missetäter abgestraft war, ließ sich der Rektor schwer schnaufend in den Sessel fallen, Karl hatte er offensichtlich vergessen. Der wagte sich vorsichtig ins Zimmer, für alles gewappnet.

Der Rektor hatte die Brille abgenommen und polierte die Gläser mit einem Tuch.

»Ah, unser Moralist, ich hoffe, du hast etwas begriffen, mach, dass du in deine Klasse kommst!«, war alles, was er sagte, und dann stand Karl draußen auf dem Flur und verstand die Welt nicht mehr.

***

Der Tag, an dem Gigi mit Karl Schluss machte, hatte eigentlich positiv begonnen. Im Briefkasten lag ein Brief von Theo.

Lieber Karl,
beseelt von der Musik des Who-Konzerts, auf dem ich war, plumpste ich auf die Sitzbank der Tram, die Richtung Vondelpark fuhr. Mir gegenüber saß ein leuchtend lächelndes Mädchen. Weil sie nicht aufhören wollte zu lächeln, sagte ich zu ihr: »Große Freude!?«

Sie wollte wissen, was das heißt – »goose Feude«.

Lange noch unterhielten wir uns in dieser Nacht. Janice ist ihr Name, sie kommt aus Kalifornien und erinnert mich an eine Indianerin. Wir verstehen uns ausgesprochen gut und ich brenne darauf, sie ganz und gar kennenzulernen. Leider wurde ich gestern im Kaufladen um die Ecke beim Stehlen

erwischt. Die Clique, die im Vondelpark unter dem glei-
chen Baum seit Wochen übernachtet, wird langsam meine
Familie. Üblich ist geworden, dass einer von uns loszieht,
um einzukaufen, das heißt, Brot und Milch, weil so groß
und schwer zu verstecken, werden ordentlich an der Kasse
bezahlt, Wurst und Käse dagegen unters Hemd oder die
Hose geschoben, um Kosten zu sparen. Leider bin ich nicht
so gut im Stehlen, und so wurde ich verhaftet, eingesperrt,
verhört und nach ca. vier Stunden Kerker entlassen. In der
Zelle eingesperrt zu sein war ein übler Kontrast zu der Frei-
heit, die wir im Vondelpark genießen. Nie wieder, so schwör
ich, soll mir jemand meine Freiheit nehmen können.

See you
Theo

Der Tag in der Lehrwerkstatt begann mit der immer
wiederkehrenden, an Karl schon lange abprallenden
Frage, wann er sich denn nun die Haare schneiden
ließe. Die restlichen Stunden vergingen dann mit den
üblichen Sticheleien und Herabwürdigungen, auf die er
nicht einmal mehr reagierte, was die Grauen noch mehr
in Rage brachte. Doch was konnte ihm geschehen, am
Abend würde er Gigi sehen und alles wäre dann wie
weggewischt. Doch der Herzschlag der Zeit hat seinen
eigenen Rhythmus, lange Zeit schlägt er in sanftem,
gleichmäßigem Takt, doch plötzlich, wie aus heiterem
Himmel, beschleunigt er und zieht davon.

Nach der Arbeit schwang sich Karl auf das Velosolex
seiner Schwester. Der behutsam vom Himmel herabströ-
mende Abend war warm und ein milder Wind säuselte
schlaftrunken durch die Baumwipfel des Schnaidholz.

Karls Haare flatterten im Luftzug des dahinschnurrenden Solex, er hatte zwanzig Mark im Geldbeutel, eine Packung Reval in der Jackentasche und der Schmutz des Tages verwehte hinter ihm im Nichts. Um acht Uhr würde er sein Mädchen treffen, an der Bank, dort im Park, unter den ausladenden Kastanienbäumen, in deren Ästen die Amseln ihr Abendlied sangen.

Doch als er dort ankam, war sie noch nicht da. Er hob das Solex auf den Hauptständer, setzte sich auf die Bank und zündete sich eine Reval an. Dann sah er zu, wie der Rauch in die Höhe kräuselte und sich in die Dämmerung davonstahl. Die Vögel waren verstummt, die Nacht breitete ihre Schwingen über die Stadt. Langsam wurde Karl unruhig.

»Wo bleibt sie nur«, dachte er, »sie wird doch nicht krank sein.«

In diesem Moment schälte sich Gigis zierliche Gestalt aus dem Dunkel und kam auf ihn zu. Sie ging langsam, zögerlich, so als trüge sie eine Last, und als sie näher kam, sah Karl, dass ihr sonst so strahlendes Gesicht ernst war und sie seinem Blick auswich. Eine kalte Hand griff nach seinem Herzen, er wollte aufstehen, konnte aber nicht.

Gigi setzte sich neben ihn und sah ihn an. Kein Licht glomm in ihren Augen, und da wusste er, was kommen würde – unweigerlich.

»Ich muss mit dir reden«, sagte sie, »ich weiß gar nicht, wie ich anfangen soll.«

»Du willst mit mir Schluss machen!«, krächzte er und hasste sich dafür, dass er es schon wusste.

»Du musst das verstehen, ich hab dich gern, sehr gern,

aber wir beide, ich meine, wir passen nicht zusammen, du bist viel jünger, und bald bin ich ausgelernt, dann werde ich in Konstanz arbeiten und wir sehen uns nicht …!«

Sie nahm seine Hand.

»Du musst das verstehen, sei nicht traurig.«

Sei nicht traurig, sei nicht traurig, dachte Karl und spürte, wie sein Herz brach.

Sie beugte sich zu ihm, ihr liebes Gesicht kam näher, der Duft nach Rosen überwältigte ihn, ihr Haar streifte seine Wange und ein scheuer Kuss berührte sie; verzeih mir, sagten diese Lippen, dann stand sie auf und ging aus seinem Leben.

Karl saß wie versteinert. Ein Gewicht lastete auf seinem Körper, das ihn daran hinderte, ihr nachzulaufen, ein Schluchzen kroch seine Kehle hinauf, er sah sie davongehen und konnte sich nicht rühren.

»Vorbei, vorbei!«, war alles, was er denken konnte. So saß er, er wusste nicht, wie lange, er weinte nicht, oh nein, Jungen weinen nicht, aber er fühlte sich, als hätte sie, die Liebste, ein Loch in ihn gerissen; alles war nun anders, das Glück, die Freude, wie weggewischt. Es war wie ein Sturz aus großer Höhe, ein freier Fall.

»Ich werde sie nie mehr wiedersehen, nie mehr – ich muss gehen, es ist spät, Großmutter wird sich Sorgen machen!«, dachte er und ihm war, als würde das ein anderer denken.

Er stand auf, warf das Solex an und fuhr los, fuhr durch die Stadtmitte, ignorierte rote Ampeln und hupende Autos, sauste die Rielasinger Straße hinunter, vorbei an den schmutzigen Fassaden der Maggi-Wohnhäuser, die ihn hämisch anstarrten, bog bei der Shell-Tankstelle nach links ab und war am Schnaidholz. Schützend ragte die undurchdringliche Wand der Bäume vor ihm auf, er fuhr mitten hinein ins Dunkel, so weit, bis keine Lichter von außen mehr zu ihm durchdrangen. Dann hielt er an, stellte den Motor ab, lehnte sich gegen einen Baum und ließ den Tränen freien Lauf. Über ihm rauschte es. Der Atem des Waldes, der Geruch seiner Kindheit streichelten mild seine Seele; die glatte, kühle Rinde der Buche, an der er lehnte, strömte Trost und Gelassenheit aus. Als er sich einigermaßen beruhigt fühlte, fuhr er weiter, doch die Tränen wollten nicht weichen, sie verschleierten seinen Blick, und als er in die Roseneggstraße einbog, übersah er einen am Straßenrand parkenden Kleinlaster und krachte in dessen Heck. Kopfüber stürzte er auf die leere Ladefläche und schrammte sich das Knie blutig. Fluchend kletterte er ins Freie und zerrte das leicht verbogene Solex unter dem Laster hervor. Sein Knie schmerzte höllisch, die Levis hing in Fetzen und Blut lief aus seiner Nase. Das war gut, das nahm den Druck von ihm. Ein vorbeifahrendes Auto hielt an, ein älterer Mann kurbelte die Scheibe herunter.

»Ist dir was passiert, kann ich helfen?«

»Nein, schon gut, das war das, was ich jetzt gebraucht habe!«, antwortete Karl und der freundliche Herr fuhr kopfschüttelnd davon.

***

Und nun – die Leere und die Stille, die Ödnis und Schmach des verschmähten Liebhabers. Tagsüber der monotone Gleichklang des Daseins, der mechanische

Trott der Arbeit, keine Vorfreude mehr auf den Abend, der vom strahlenden Lächeln seines Mädchens erleuchtet wurde. Karl schleppte sich durch den Tag und versuchte, nicht an sie zu denken, versuchte, sie zu vergessen, aus seinem Kopf zu verbannen, und doch war jede Sekunde des Tages erfüllt vom Gedanken an sie. Alles erinnerte ihn an sie, jeder Sonnenstrahl war ihr Lachen, die Bäume im Schnaidholz wisperten ihren Namen, jedes Liebeslied im Radio schien ihn zu verhöhnen, und wenn er etwas aß, dann roch und schmeckte es nach ihr. Also musste er sich ablenken.

Und das gelang! Karl stürzte sich in eine andere Welt, in die Welt der Bücher. Er tauchte ein in ein anderes, imaginäres Universum, in den Kosmos der unendlichen Möglichkeiten, ein uferloses Neuland, bar jeglicher geistiger Eingrenzung, alles war möglich, kein Gedanke zu verwegen, keine These zu abstrakt, und nichts gab es, was nicht wert gewesen wäre, um darüber zu philosophieren. Er las alles. Zuerst die Klassiker, Goethes »Faust«, Schillers »Räuber«, Hauptmanns »Weber«, er las den »Tell«, den »Werther«; dann die Russen, Dostojewskij, Maxim Gorki, las Gontscharows »Oblomow« und dann die Deutschen, Tucholsky, Kästner und Kafka, und Brecht, oh ja, Brecht, wie sprach der ihm aus der wunden Seele; Eichendorf, »Aus dem Leben eines Taugenichts«, Geissler, »Der liebe Augustin«, die Welt war Traum.

Karl las wie im Fieber, las sich quer durch die Stadtbücherei, war die halbe Nacht wach, weil er sich nicht losreißen konnte von all diesen wunderbaren Geschichten, Gedanken und Thesen, die da zwischen zwei Buchrücken erzählt wurden. Der Großvater schimpfte, wenn er nachts um ein Uhr noch im Wippsessel saß und den Kopf in einem Buch stecken hatte.

»Geh ins Bett, du musst um sechs Uhr raus, morgen früh kommst du wieder nicht aus dem Bett!«

»Gleich, gleich«, antwortete Karl, »lass mich nur noch dieses Kapitel zu Ende lesen!«

Und dann las er weiter, und am Morgen musste die Großmutter ihm die Bettdecke wegziehen, damit er endlich aufstand, und wenn er dann am Frühstückstisch saß, dann waren seine Gedanken verworren und er war immer noch mitten in einer Geschichte.

Und je mehr er gelesen hatte, umso mehr wunderte er sich über sich selbst, stellte fest, dass er irgendwie anders war, doch wie und warum, das wusste er nicht.

»Vielleicht ist das so, weil ich ein Unehelicher bin«, dachte er und musste dann grinsen, denn das, das war vorbei, für immer, damit konnte ihm niemand mehr wehtun.

Und eines Abends öffnete er ein neues Buch. Das war mittlerweile schon ein Ritual, eine Zeremonie; das Eintauchen in eine neue Geschichte, eine weitere, womöglich alles verändernde Erfahrung. Und da war sie, die Offenbarung, dort war er, dort in dieser Geschichte war der Mensch, der die gleichen Nöte litt wie Karl und der das zu Papier brachte, was Karl empfand und doch nicht formulieren konnte.

Ich Steppenwolf trabe und trabe,
die Welt liegt voll Schnee,
höre den Wind in der Winternacht blasen,
tränke mit Schnee meine brennende Kehle,
trage dem Teufel zu meine arme Seele.

Hermann Hesses »Steppenwolf«, hier war nicht mehr die Rede vom Menschen, wie er zu Millionen auf den Straßen herumläuft und den er, Hesse, mit dem Sand am Meer oder den Spritzern der Brandung vergleicht, also nur ersetzbares Material, hier war die Rede vom Menschen im hohen Sinn, vom Menschen, der sucht, der wissen will, der auf den Gleisen von Ethik und Moral dahinrumpelt, um irgendwann in den Hauptbahnhof des Menschseins einzufahren. Statt deine Welt zu verengen, deine Seele zu vereinfachen, wirst du immer mehr Welt, wirst schließlich die ganze Welt in deine schmerzlich erweiterte Seele aufnehmen müssen, um vielleicht einmal zum Ende, zur Ruhe zu kommen, las Karl, und ihm wurde klar, dass er nun einen Weg beschritten hatte, den er sehr lange und sehr weit unter großer Mühsal gehen musste, wenn er das Wagnis der Menschwerdung versuchen wollte.

Und über alldem vergaß er Gigi, und als der Großvater, der im Stillen mit ihm gelitten hatte, ihn eines Abends nach ihr fragte, hob er nicht einmal den Kopf, antwortete nur: »Gigi, wer ist das?«

Da lächelte der Großvater und strich ihm mit der Hand über den Kopf – das hatte er lange nicht getan.

***

Über alldem hatte Karl seine Freunde vernachlässigt, der Strudel des geschriebenen Wortes hatte ihn erfasst, der unwiderstehliche Sog der geflügelten Worte und Gedanken hatte seine momentane Realität verschwinden lassen, hatte ihn atemlos staunend durch die heiligen Hallen der Dichtkunst getrieben, sein Kopf war voll, seine Gedanken drehten sich verwirrt im Kreis. Erst Harry, der ihn natürlich vermisste, holte ihn zurück auf den Boden der Normalität. Karl war gerade in Hesses Glasperlenspiel versunken, als es an der Haustür klingelte und kurz darauf Harry die ausgetretene Holztreppe heraufkam. Seine blonden Locken, die ihm bis über die Schultern fielen, sein spärlicher Ziegenbartflaum, sein fröhliches Lachen und seine durch nichts zu beeinträchtigende Heiterkeit, wie sehr hatte Karl das vermisst.

»He, Mann, kommst du irgendwann mal wieder raus aus deiner Bude?!«, grinste er.

»Gut, dass du kommst«, mischte sich der Großvater ein, »nimm ihn mit, damit er wieder mal etwas Sonnenlicht sieht.«

»Das mach ich glatt«, antwortete Harry und sagte dann zu Karl gewandt: »Heute Abend ist in der Singener Radrennbahn ein Konzert. Es spielen die Bloody Pigs, eine Black-Sabbath-Coverband, das wird sicher gut, du kommst doch mit!«

»Natürlich geht er mit«, sagte der Großvater, »ich spendiere euch sogar den Eintritt.«

Das Konzert sollte um acht Uhr losgehen, also waren Harry und Karl um sieben Uhr vor der Halle, wo bereits Gedränge herrschte. Veranstaltungen für Jugendliche gab es in der Stadt so gut wie gar nicht, und somit war der Teufel los. Arbeiterkinder aus der Südstadt, eine Gruppe Edelfreaks aus dem Singener Norden, eine Clique Jenischer und eine Abteilung italienischer Gastarbeiterkinder beäugten sich misstrauisch.

»Lass uns mal mit Mani und den anderen zusammenbleiben, das sieht nach Stunk aus«, flüsterte Karl Harry zu.

Da die anderen offensichtlich genauso dachten, bildeten sich nach Einlass in der Halle vier Blocks, jede Gruppe hatte eine Ecke für sich.

Harry zappelte nervös hin und her, steckte sich eine Reval an, ließ sie fallen, hob sie wieder auf und steckte sie aus Versehen fast mit der Glut voraus in den Mund.

»Was ist denn mit dir los, du bist ja voll daneben!«, lachte Karl.

»Hör mal, das tut mir jetzt leid für dich, wegen Gigi und so, aber ich hab da ein Mädchen kennengelernt, sie heißt Gaby, sie geht aufs Gymnasium, oh Mann, ich bin so was von verknallt, sie wollte heute kommen, sei nicht traurig, Mann.«

»Ich freu mich doch für dich, es gibt kein schöneres Gefühl, als verliebt zu sein!«, antwortete Karl. »Das mit Gigi ist lang vorbei.«

Ein Mädchen kam auf die beiden zu und lächelte fröhlich. Sie hatte langes blondes Haar und strahlend blaue Augen, die nur auf Harry gerichtet waren. Ihr schönes Gesicht war eine einzige Verzückung. Und Harry, der glühte wie ein Feuer in der Nacht. Die beiden sahen sich an und es war, als bestände eine fühlbare Verbindung zwischen ihnen, ein Leitstrahl, ein Energieaustausch, der die beiden unweigerlich miteinander verband. Karl war sprachlos, er konnte fast körperlich fühlen, dass die beiden eins waren, zwei Teile vom Ganzen, das getrennt gewesen war und sich jetzt wiedergefunden hatte.

»Das ist Gaby – Gaby, das ist mein bester Freund

Karl!«, machte Harry die beiden miteinander bekannt, und mehr musste dann auch nicht gesagt werden.

»Ich hol uns was zu trinken!«, bot sich Karl an und schob sich Richtung Theke, die sich im italienischen Block befand; also mussten alle anderen erst durch die Italiener, um an Getränke zu kommen, und das hatte bereits zu mehreren Rangeleien geführt. Und so fand sich Karl unverhofft vor einer undurchdringlichen südländischen Wand.

»Äh, könnt ihr mich mal durchlassen, ich möchte was zu trinken kaufen!«, versuchte er, wurde aber einfach überhört. Gerade als er wieder umkehren wollte, entdeckte er Antonio und winkte ihm.

»Karl«, Antonio zerrte ihn zum Tresen, »hör zu, unsere Leute sind ziemlich sauer auf die aus der Südstadt, also halt dich lieber im Hintergrund, das wird hier ziemlich sicher Ärger geben!«

»Okay, mach ich, danke, Antonio.«

Dann kam die Band auf die Bühne und fetzte los; es war so laut, dass man sein eigenes Wort nicht mehr verstand, die ließen es richtig krachen. Die Stimmung wurde mehr und mehr aufgeheizt, in der vorderen Reihe schüttelten die Edelfreaks ihre Haare, rempelten die hinter ihnen Stehenden an, die aus der Südstadt pöbelten und die Südländer bleckten bereits die Zähne.

Zorn und Aggression war greifbar und stand wie ein Menetekel im Raum. Harry und Gaby bekamen davon nichts mit, da sie nur Augen und Sinne füreinander hatten. Und als das Bier alle war und bevor Karl es verhindern konnte, war Gaby losgelaufen, um neues zu holen.

»Bleib hier, ich gehe!«, rief Karl, aber da war sie bereits in der Menge verschwunden.

»Hör mal, geh ihr nach, da vorne gibt's Stunk!«, rief er Harry noch zu und sogleich schob der sich hinter Gaby durch die Menge, erreichte sie genau in dem Moment, als ein betrunkener Italiener ihr an den Hintern fasste und »Schönes Fräulein, schönes Fräulein!« grölte. Er hatte den Mund noch nicht geschlossen, da krachte Harrys Faust in seine Zähne; der Schlag war so heftig, dass der Typ zu Boden ging. Die hinter ihm Stehenden stürzten sich wie ein Mann auf Harry, der in einem Pulk von Körpern verschwand. Darauf hatten die aus der Südstadt nur gewartet und mit wildem Heulen warfen sie sich auf die Südländer. Die Keilerei eskalierte. Mehrere Jungs hatten die Beine von den Stühlen abgetreten und schlugen mit diesen auf die Gegner ein, die revanchierten sich und plötzlich sirrten Fahrradketten durch die Luft und Klappmesser blitzten auf. Die Halle tobte und die Band drehte noch mehr auf. Karl war in Panik; Harry war verschwunden und Gaby war nirgends zu sehen. Er schnappte sich einen Stuhl und hielt ihn vor sich, um sich gegen die Fahrradketten zu schützen, dann kämpfte er sich durch die Menge zur Theke, dort kauerte Gaby in einer Ecke auf den Boden.

Karl riss sie hoch.

»Komm weg hier, ich bring dich raus!«

»Wo ist Harry, ich geh nicht ohne ihn!« Tränen liefen ihr übers Gesicht.

»Der passt schon auf sich selber auf, aber er würde mir nie verzeihen, wenn ich dich im Stich lasse, also komm!«

Er schob sie zum Ausgang, war fast draußen, da traf ihn eine Fahrradkette; einen kurzen Augenblick war er wie gelähmt, dann brannte sein Rücken wie Feuer. Er warf sich herum und versuchte, seinen Angreifer mit dem Stuhl zu attackieren. Der schwang die Fahrradkette erneut über dem Kopf.

»Hau ab, Gaby, hau ab!«, brüllte Karl und sah zu seiner Erleichterung wie das Mädchen durch die Tür ins Freie verschwand. Dann sauste die Kette auf ihn herab, zischte wie eine wütende Natter, Karl stieß den Stuhl nach vorne und fing den Schlag ab, die Kette wickelte sich um die Stuhlbeine. Der Angreifer versuchte sie loszureißen, aber jetzt war Karl schneller. Wütend stürzte er nach vorne, rammte den Stuhl in den zurückweichenden Körper des Gegners. Der stolperte im Rückwärtsgang und fiel um. Blitzschnell war Karl über ihm und schlug ihm zweimal die Faust ins Gesicht. Das reichte. Er warf den Stuhl weit von sich und rannte aus der Halle, vor der mittlerweile die Polizei vorgefahren war.

»Karl, hier, hierher!« Gaby winkte ihm und er taumelte auf sie zu, sein Rücken war in Flammen. Noch bevor er sie erreicht hatte, kam Harry aus der Halle geschlendert; seine Nase blutete und er hinkte, aber sein Gesicht war ein breites Grinsen.

»Himmel Arsch«, sagte er, »das war echt cool, Mann.«

***

Sommersonne sandte glühende Strahlenfinger; gelbes, fleckiges Gras welkte auf den Wiesen hinterm Bahndamm, die Erde war staubig und trocken und roch schal, die Bäume im Wald standen schläfrig im heißen Dunst und nur im Herzen des Schnaidholz war Schatten und Kühle. Karl hatte Ferien.

Schon vor Wochen war in ihm der Entschluss gereift, nach Amsterdam zu trampen, um dort im Vondelpark ein paar Tage mit Theo zu verbringen. Eigentlich war geplant, dass Harry ihn begleiten würde, aber der konnte sich derzeit nicht von Gaby lösen. So fand die Morgenröte Karl an der Bundesstraße stehen. Er hatte seinen Schlafsack zusammengerollt auf den Rucksack gebunden, in dem sich ein paar Kleider zum Wechseln befanden, gerade so das Nötigste. Der Großvater hatte ihm fünfzig Mark zugesteckt und Karl selbst hatte sein Sparkonto geplündert, somit hatte er zweihundert Mark in der Tasche. Das würde eine Weile reichen. Das erste Auto hatte ihn bis nach Tübingen gebracht, und hier stand er nun an der Straße und fühlte sich so frei und glücklich wie lange nicht. Die Sonne, die ihm gefolgt war wie ein guter Freund, stand nun höher am blauen Himmel und tauchte alles in ein warmes, goldenes Licht, und Karl konnte einfach nicht anders, er musste singen, lauthals.

»*I'm so tired of crying, but I'm out on the road again,*
I ain't got no woman just to call me special friend.
My dear Mother left me when I was quite young,
she said, Lord have mercy on my wicked son.

Dann hielt ein Wagen, ein Opel Kapitän, der Fahrer, ein älterer Mann sagte: »Steig ein, ich fahre bis Stuttgart.«

Also warf Karl seinen Rucksack auf den Rücksitz und

stieg ein. Der Opel brauste mit quietschenden Reifen los. Der Fahrer war schweigsam, sah aber immer wieder zu Karl herüber, was dem irgendwie unangenehm war. Außerdem stellte er fest, dass ihm der Kerl unsympathisch wurde. Nach etwa zehn Minuten Schweigen öffnete der dann doch seinen Mund.

»Sieh mal auf den Rücksitz, dort liegt eine Ringmappe, hol die mal vor!«

»Was soll das denn?«, dachte Karl, drehte sich um und fischte die Mappe nach vorn.

»Mach sie auf und sieh rein!« Der Kerl war jetzt nervös.

Vorsichtig öffnete Karl die Mappe. Sie war voll mit Pornofotos, die von der ekelhaften Sorte, und schneller als er sie aufgemacht hatte, klappte er sie wieder zu.

»Na, wie gefällt dir das?«, geiferte der Alte.

»Überhaupt nicht!«, antwortete Karl.

»Ja natürlich, du hast recht, selber machen ist besser als nur anschauen, wir könnten das zusammen machen, was meinst du?«

Jetzt war Karl erst mal einen Augenblick sprachlos.

»Verwechseln Sie da nicht was? Sie halten mich wohl für ein Mädchen.«

»Aber nein, nicht doch, die wahre Liebe gibt es nur unter Männern.«

»Ach du heilige Scheiße, das glaub ich jetzt nicht«, dachte Karl, »wie komm ich bloß schnell hier raus?!«

»Hören sie, so was ist nicht mein Ding, halten Sie bitte an, ich möchte aussteigen.«

»Ach, komm schon«, hechelte der schleimige Alte, »du wirst sehen, das macht Spaß.«

Er beugte sich leicht nach rechts und wollte dem Jungen ans Knie fassen, zog seine Hand aber blitzschnell wieder zurück, da er in die Schneide von Karls Finnenmesser gegriffen hatte.

»Du hast mich geschnitten, du Saukerl!«, kreischte er.

In einer Staubwolke bremste er am Straßenrand. »Raus, raus!«, schrie er und Karl ließ sich nicht lange bitten, schnappte sich den Rucksack und sah dann angeekelt zu, wie der Opel abfuhr.

Er spuckte aus. »So ein Dreckschwein, der Tag fängt ja gut an!« Er sah sich um und stellt fest, dass er mitten in der Pampa stand, weit und breit kein Parkplatz, keine Auffahrt oder dergleichen, die Autos schossen mit hoher Geschwindigkeit an ihm vorbei.

»Mist, hier hält nie einer an!«, murmelte er und lief los, nebenher hielt er immer mal wieder den Daumen raus. So lief er eine gute halbe Stunde, die Sonne wärmte jetzt nicht mehr, sondern brannte ihm auf Rücken und Kopf, der Träger vom Rucksack scheuerte an seinen Schultern und die Zunge klebte ihm am Gaumen. Doch er hatte Glück, ein roter Sportwagen bremste neben ihm, es war ein Triumph Spitfire, und zu Karls Erleichterung saß eine Frau am Steuer.

»Willst du mit?«, rief sie und Karl wollte, und wie er wollte!

Er hatte kaum die Tür richtig geschlossen, da raste die Dame los, mit schlingerndem Heck, schoss nach links und überholte hupend zwei dahinschleichende VW-Käfer, scherte wieder ein, schrammte so gerade eben an einem Leitpfosten vorbei und beschleunigte dann jauchzend.

»Das ist ein tolles Auto, findest du nicht? Nur find ich den fünften Gang nicht!« Dabei rührte sie im Getriebe, das wütend krachte, während Karl, der sich ängstlich an seinen Rucksack klammerte, feststellte, dass die Dame ziemlich streng nach Alkohol roch.

»Das nennt man also vom Regen in die Traufe kommen«, haderte er mit sich selbst.

Doch einen Vorteil hatte das Ganze: Ruck, zuck waren sie in Stuttgart und dort begann die Autobahn. Der Spitfire zog nach links auf die Überholspur und okkupierte diese unter Zuhilfenahme von Licht und akustischer Hupe bis nach Mannheim. Dort stieg Karl dann aus. Schweißgebadet.

»War toll mit dir«, winkte die Rennfahrerdame, »wir sehen uns!«

»Lieber nicht!«, murmelte Karl und dann war sie weg, einen langen schwarzen Strich auf den Asphalt hinterlassend.

Mannheim – Karl stand an der Autobahnauffahrt nach Frankfurt, von dort wollte er nach Köln, um dann über Aachen nach Holland einzureisen. Niemand hielt. Stunden strichen dahin. Nun wurde es Abend, die Sonne, die ihm den ganzen Tag gefolgt war, zog sich zurück, verschwand irgendwo am Horizont, es wurde dunkel, das Licht des Tages war verbraucht. Und auf einmal fühlte sich Karl so einsam und angreifbar wie noch nie; da stand er am Straßenrand, die unzähligen Autos rauschten mit ihren blendenden Scheinwerfern an ihm vorbei wie ein großes, unheimliches Insektenheer; der Asphalt war wie ein finsterer Strom, der die blecherne Masse dahinriss in seinem alles vernichtenden Sog, sie auf dem Band der Straße weiterschob in ein imaginäres Verderben. Das fahle Licht der Straßenlaternen verschmolz mit dem grellen Licht der Scheinwerfer und den Reflexionen, die sich auf dem Lack der Autos bildeten, zu einem Sud aus Farben, der in seiner Intensität Karl in einen schwebenden Rauschzustand versetzte.

Ein lähmendes Entsetzen befiel ihn, bleierne Müdigkeit ließ seine Glieder schwer werden wie Stein. Sein Magen war ein Loch, er hatte den ganzen Tag nichts gegessen, er konnte ihn kaum noch hören, den Herzschlag der Zeit.

Die Großmutter hatte ihm eine Tafel Ritter-Sport-Schokolade eingepackt, die aß er auf einer Leitplanke sitzend, gleich ging's ihm besser.

»Ich muss mir einen Schlafplatz suchen, dann bin ich wieder wie neu!«, dachte er und lief los in Richtung Innenstadt. Um ihn herum rauschte das Heer der Automobile, tobte der Wahnsinn, wurde ihm gehuldigt, dem Götzen der Mobilität. Irgendwann erreichte er einen kleinen Park, in dessen Mitte ein riesiger Turm stand, der von dichtem Buschwerk umgeben war. Karl war so müde, dass ihm alles egal war; er wartete, bis keine Spaziergänger mehr zu sehen waren, dann kroch er in das dichte Gestrüpp eines großen Busches und breitete dort seinen Schlafsack aus. Da lag er dann, doch obwohl er so müde war, floh ihn der Schlaf; sein Körper war in Aufruhr, vibrierte wie ein Dynamo, die Eindrücke des Tages nagten an seinem Geist und erst gegen Ende der Nacht fand er etwas Schlaf, erst in der Stunde vor dem Morgengrauen, wenn die Zeit erstarrt und die Welt für einen Moment den Atem anhält, bevor all der Irrsinn neu beginnt. Karl träumte. Ein älterer Herr in einem abgetragenen braunen Anzug stand neben ihm und sah angewidert auf ihn herab. Er trug einen breitkrempigen Hut und seine stechenden Augen blickten starr durch eine runde Nickelbrille.

»So«, sagte Hermann Hesse, »ein Mensch willst du werden. Als wenn das so einfach wäre! Hast du denn den Steppenwolf nicht aufmerksam gelesen? Hast du denn nicht begriffen, dass dieses Leben nichts weiter ist als ein magisches Theater und dass wir alle nichts weiter sind als Figuren in diesem Spiel?«

»Natürlich hab ich's gelesen und auch so verstanden, aber das heißt ja nicht, dass ich der gleichen Ansicht sein muss«, antwortete Karl.

»So, stellst du in Zweifel, was ich geschrieben habe? All die Mühe, die ich mir mit dem Leben machte, all die schmerzvoll errungenen Erfahrungen, die ich durchleben musste, um solchen wie dir die Mühsal des Erlebens am eigenen Leib zu ersparen!«

»Aber nein, niemals würde ich ihre Worte in Zweifel ziehen, denn gerade sie waren es, die mir den Anstoß gaben, loszugehen und selber zu erfahren.«

»Nun gut«, Hesse stieß die Spitze seines Spazierstocks in die Erde, »so war mein Mühen nicht vergebens, du willst durch alle Tiefen waten, willst die bittere Schale des Seins selbst ausschlürfen, noch nicht wissend oder wenigstens ignorierend, dass die Menschheit ein tragischer Irrtum ist.« Er schulterte den Spazierstock, der sich zu Karls Verwunderung in eine doppelläufige Flinte verwandelt hatte. »Dann hilf mir wenigstens im Kampf gegen die Dominanz der Maschinen.«

Er legte die Flinte an und zielte auf ein vorbeifahrendes Auto.

»Halt«, rief Karl, »das ist doch keine Lösung, das hat doch im Steppenwolf schon nicht funktioniert!«

Doch es war zu spät, ein donnernder Schuss hatte sich bereits gelöst und traf einen VW-Käfer, der ins Schlingern geriet und sich dann mehrfach überschlug. Der Fahrer wurde herausgeschleudert und lag blutüberströmt auf der Fahrbahn.

»Hören Sie auf, das ist doch Wahnsinn!«, schrie Karl, aber Hesse lachte nur wie ein Irrer und feuerte Schuss auf Schuss auf die vorbeifahrenden Wagen, die mit ohrenbetäubendem Getöse durcheinanderpurzelten wie Dominosteine. Davon wachte Karl auf – der morgendliche Verkehr hatte eingesetzt.

***

Der nächste Tag verging wie im Flug. Karl raffte seine Sachen zusammen und lief aus der Stadt. In einer Seitenstraße überfiel ihn der Duft von frisch gebackenem Brot – eine Bäckerei hatte bereits geöffnet und Karl erstand einen Laib frischen Brotes. So gestärkt stellte er sich erneut an die Autobahn, und nach kurzer Zeit hielt ein Lastwagen. Der Fahrer, ein gemütlicher Dicker mit Vollbart, redete ununterbrochen; er sprach von seiner Familie und erzählte vom Ärger mit seinem Chef; er konnte nicht eine Minute seinen Mund halten und manches Mal redete er so schnell, dass ihn seine eigenen Gedanken überholten und er sie erst wieder neu sortieren musste. Karl war's egal, sein Kopf war leer, sein Körper war erschöpft von der Nacht im Busch, vor sich hin dösend saß er auf dem Beifahrersitz, während sich vor ihm das Band der Straße abrollte, die Äcker und Wiesen, die Bäume und Häuser vorbeiflogen wie im Traum, und das alles untermalt vom niemals endenden Geschwätz des Fahrers, das an ihm abglitt wie das ferne Rauschen eines Wasserfalls. Am Nachmittag war er in Köln; der Fahrer hielt auf einem Rasthof und vermittelte Karl an einen Kollegen, der nach Aachen fuhr. Zum Abschied gab er Karl die Hand.

»Na, dann mach's gut, viel geredet hast du ja nicht.«

»Ich bin eben eher der schweigsame Typ«, grinste Karl.

In Aachen erwischte er einen Pkw, der ihn zur holländischen Grenze brachte, die er zu Fuß überquerte. Ein älterer Mann hielt an und sagte, dass er ihn bis Tilburg mitnehmen könne. Er fuhr einen alten, klapprigen Volvo, den er in den höchsten Tönen lobte. Irgendwann fuhr er zum Tanken an eine Raststätte, wo er Karl eine warme Mahlzeit spendierte. Er war ein pensionierter Lehrer, der sich freute, einem jungen Menschen helfen zu können, und so wurde Karl mit etwas vertraut, was er nicht kannte und womit er auch nicht gerechnet hatte.

Die Weltoffenheit und Toleranz der Niederländer.

In Tilburg verabschiedete er sich von dem freundlichen Herrn und stellte sich an die Straße in Richtung Amsterdam. Doch es war bereits spät, am Abendhimmel flammten die ersten Sterne auf und eine melancholische Mondsichel stand leuchtend über dem Erdball. Es war kaum noch Verkehr und so still wie in einer Kirche. Karl war todmüde, er konnte kaum noch einen klaren Gedanken fassen, er wollt nur noch eines: schlafen, schlafen.

Also trabte er los.

»Irgendwo wird sich doch ein Park finden lassen«, dachte er und lief los, lief endlose Straßen mit nie enden wollenden Häuserzeilen, vorbei an vorhanglosen Wohnzimmerfenstern, in denen die Familien am Esstisch oder vor dem Fernsehapparat saßen, lief und lief, die Beine wie aus Stein, der Asphalt unter ihm so hart wie Granit; jeder Schritt schmerzte, war Mühsal, der Kopf war wie in Trance, die Erschöpfung umschloss ihn wie eine Faust. Vor ihm öffnete sich ein weiter Platz, doch nirgends ein Park, ein Gebüsch. Er ließ sich auf eine Bank fallen, spielte mit dem Gedanken, einfach hier zu schlafen, hier mitten auf diesem Platz.

Ein Mädchen kam aus einer der Seitenstraßen und ging direkt auf ihn zu. Sie war schlank, hatte langes schwarzes Haar und trug wallende indische Kleidung; bei jedem Schritt klimperten und klingelten die unzähligen Armreifen und Halsketten, die sie am Körper trug.

Gebannt verfolgte Karl diese herrliche Erscheinung, und als sie an ihm vorübergehen wollte, nahm er sein Herz in beide Hände und sprach sie an.

»Hallo, sprichst du Deutsch?«

Sie blieb stehen.

»Ja, ein bisschen«, sagte sie.

»Weißt du nicht, wo ich schlafen könnte? Ich bin so furchtbar müde.«

»Was machst du hier?«, antwortete sie. »Du willst bestimmt nach Amsterdam.«

»Ja, aber ich komme heute nicht mehr weiter.«

»Ich glaube nicht, dass ich etwas für dich tun kann.«
Sie lächelte und ging weiter.

Doch nach zehn Metern blieb sie stehen. Sie sah zurück, und es war ein langer, ruhiger Blick, der auf Karl verweilte.

»Also gut, komm!«, sagte sie. Karl ließ sich das nicht zweimal sagen. Er folgte ihr durch ein Gewirr von Gassen, bis sie irgendwann vor einem alten, windschiefen Fachwerkhaus hielten.

»Hier wohne ich mit mehreren Leuten«, erklärte sie. »Sei leise, weck nicht die anderen.«

Sie schloss die Tür auf und Karl stolperte hinter ihr eine ärgerlich knarrende Holztreppe hinauf. Oben öffnete sich ein weiter Raum, auf dem Boden lagen Matratzen und die Wände waren mit grellen Farben bemalt.

»Du kannst auf einer der Matratzen schlafen, mein Zimmer ist nebenan, du wirst mich doch nicht belästigen?«

Sie strich Karl über den Kopf.

»Nein, das wirst du nicht«, sagte sie und verschwand nebenan.

Und Karl – Karl schaffte es gerade noch, seinen Schlafsack auszubreiten und hineinzukriechen, und dann war er weg.

Als er die Augen wieder öffnete, durchflutete gleißendes Sonnenlicht den Raum, Glanz war überall.

Aus der angrenzenden Küche kam der Duft von frisch gebrühtem Kaffee, aus einem weit geöffneten Fenster wehte Nachmittagsluft herein. Der Tag war weit fortgeschritten, während Karl geschlafen hatte.

»Ah, bist du endlich aufgewacht – ich dachte schon, du

schläfst den ganzen Tag. Ich kenne nicht einmal deinen Namen. Ich heiße Linda.«

Sie war noch schöner, jetzt am Tag, und sie trug nur ein dünnes, durchsichtiges Hemd, unter dem sich ihre Brüste deutlich abzeichneten; sie stand im Türrahmen und das zum Fenster hereinfallende Licht umspielte ihre Formen.

Karl schluckte.

»Also, ich, äh, heiße Karl.«

»Dann komm, steh auf, Karl, ich habe Frühstück gemacht!« Sie verschwand in der Küche.

Doch Karl hatte jetzt ein Problem, und das war seine übliche Morgenerektion. Wie konnte er damit aufstehen und zu Linda in die Küche gehen? Unmöglich.

»Verdammt, geh runter!«, fluchte er und versuchte krampfhaft, an etwas anderes, etwas Unverfängliches zu denken, doch es gelang ihm nicht, im Gegenteil, der Anblick Lindas in ihrem Hemd hatte die Erektion noch verstärkt.

»Kommst du?!«, tönte es aus der Küche.

»Ja, gleich, sofort! Wo sind denn all die anderen?«, antwortete Karl, um abzulenken.

Linda trat erneut in den Raum, kam sogar auf Karl zu, der versuchte, nicht auf ihren Busen zu starren, was ihm aber nicht gelang. Magisch wurde sein Blick angezogen, glitt über ihren schlanken Hals, verweilte auf den wohlgeformten Brüsten, deren erigierte Warzen sich nun deutlich unter dem dünnen Stoff abzeichneten, strich den flachen Bauch entlang hinunter zu herrlich geformten Schenkeln, die vom Hemd kaum verdeckt wurden.

»Es gibt keine anderen, das hab ich nur gesagt, damit du nicht auf dumme Gedanken kommst.«

Sie kniete sich vor Karl auf die Matratze.

»Warum stehst du nicht auf?«

Ihre Hand zog den Reißverschluss des Schlafsacks nach unten und dann lachte sie.

»Ach so, das ist der Grund – aber dagegen kann man ja etwas tun.«

Sie zog sich das Hemd über den Kopf und stieg aus ihrem Höschen, dann legte sie sich zu Karl, und der wurde nun mit etwas bekannt, was er noch nicht kannte und womit er so schnell nun gar nicht gerechnet hatte.

Die selbstverständliche Leichtigkeit der freien Liebe. Und er erfuhr, dass eine Frau nicht unbedingt Nein meint, wenn sie Nein sagt.

Natürlich hatte Linda gleich bemerkt, dass es sein erstes Mal war, und so gab sie, die ja die Ältere war, von Anfang an den Ton an und Karl verlor seine Jungfräulichkeit im gleißenden Licht der ihn begleitenden Sonne.

***

Am Nachmittag erreichte Karl Amsterdam. Sein Herz war übervoll, er fühlte sich wie noch nie zuvor, denn er war ein Mann geworden an diesem Morgen, und das war schon was!

Die ganze Fahrt hierher, ein VW-Bus mit holländischen Freaks hatte ihn mitgenommen, dachte er an nichts anderes als an den warmen, weichen Körper Lindas, konnte noch immer ihre Berührung auf seiner Haut und ihren Atem an seinem Hals spüren. Ein Muddy-Waters-Song spukte in seinem Gehirn. Vor seinem geistigen

Auge konnte er deutlich das breite, grinsende Gesicht von Muddy sehen.

I am a man, don't you mess with me,
I got a black cat's bone,
I got a mojo too,
I can make love to twenty women,
kiss them all the same time,
ain't that a man.

Das war's, wie er sich fühlte, er saß auf der Rücksitzbank des Busses, eingeklemmt zwischen Rucksäcken und allen möglichen Utensilien und ein breites Grinsen lag wie eingemeißelt auf seinem Gesicht, er fühlte sich leicht wie Flaum. Die Holländer ließen einen Joint herumgehen, und nach einigen Zügen schwebte er dann beinahe neben dem Bus her.

»Wie gefällt dir Holland?«, fragte ihn einer der Freaks.

»Das ist mein Land, Mann, das ist mein Land!«, antwortete der lächelnde Karl und bekam zur Belohnung einen weiteren Zug. Die Freaks setzten ihn am Bahnhof ab und erklärten ihm den Weg zum Vondelpark.

»Ist nicht weit, du kannst zu Fuß gehen, Love and Peace, wir sind alle eine große Familie.«

Hupend fuhren sie davon und Karl winkte hinterher.

»Yeah, eine große Familie, alle eine große Familie.« Dann ging er los.

Amsterdam.

Ein Traum. Karl lief und staunte, lief vorbei an alten, geschichtsträchtigen Häusern. Häuser, die van Gogh und

Rembrandt gesehen hatten, die blühenden Handel und den steten Wandel der Zeit überdauert hatten, Häuser, die so müde waren von all der Zeit, die über sie hinweggezogen war, dass sie ihre windschiefen Giebel aneinanderlehnten, um sich gegenseitig zu stützen, lief entlang an dunkelgrün schimmernden Grachten, deren geheimnisvoll gluckernde Wasser gesäumt wurden von bucklig gepflasterten Gassen, in denen gusseiserne Straßenlaternen stumm Wache hielten und hell sprießende Bäume ihre weichen Schatten wie Liebkosungen über ihn warfen. Er überquerte Brücken mit kunstfertig geschmiedeten Eisengeländern, an denen klapprige Fahrräder lehnten, ging vorbei an leise dümpelnden Hausbooten, auf deren Deck sich Katzen schläfrigen Auges träge sonnten, Blumenkästen mit leuchtenden Farben prangten und smaragdfarbene Algen den Schiffsrumpf in ihren Armen wiegten. Alles war Licht und Farbe, und Karl war Teil von all diesem und war so von friedvoller Freude und Gelassenheit erfüllt wie nie zuvor, und so erreichte er den Vondelpark, wo Hunderte von Hippies aus aller Welt sich auf den Rasenflächen tummelten und ihren Traum von Freiheit lebten unter den schützend ausgebreiteten Armen der Bäume. Und wie er dort stand und sah, wurde alles zu einer Einheit, wurde alles klar und deutlich, er war am Ziel, hier war er, der Mittelpunkt, den er so lange gesucht hatte, hier war das Zentrum des Herzschlags der Zeit.

**

Der Abend kam, nun wurde es dunkel, die Sterne leuchteten magisch und die Schatten der Bäume wurden tiefer, während die Nacht wie ein Räuber durch den Park schlich. Karl hatte sich einer Gruppe angeschlossen, die unter einer riesigen Platane wohnte. Sie hatten gerade Abendessen auf einem Campingkocher zubereitet, als Karl auf der Suche nach einem Schlafplatz dazustieß. Der Typ am Kocher, blonde lange Mähne, besticktes Afghanhemd, winkte ihn heran.

»He, Mann, du siehst hungrig aus, komm, sei unser Gast!«

»Da sag ich nicht Nein«, entgegnete Karl, »schließlich sind wir alle eine große Familie, oder nicht?«

»Yeah, du hast recht, das sind wir!«

Also ließ sich Karl nieder und sah fröhlich reihum, das Haschisch am Nachmittag, das mystische Amsterdam, der Vondelpark mit seinen vielfältigen Farben und Klängen, die körperlich spürbare Verbindung zu all den jungen Gleichgesinnten, all das hatte ihn in einen Rauschzustand versetzt, hatte sein Hochgefühl manifestiert und ließ ihn strahlen wie eine kleine Sonne, ja, er war glücklich, das kann man sagen, und das übertrug sich auf die anderen, und so war alles perfekt. Karl bekam eine Schale mit Bohneneintopf und aß, und es war, als wäre er auf einem anderen Planeten, noch nie hatte er sich so akzeptiert gefühlt wie hier in dieser Runde. Ein blondes, zierliches Mädchen spielte auf einer Gitarre und sang dazu Dylans »Blowing in the wind«, begleitet von einem bärtigen Hippie, der auf Bongos den Takt vorgab. Neben Karl saß eine dunkelhaarige Schönheit in einem wallenden Kleid, dessen Ausschnitt mit kleinen Spiegelscherben geschmückt war. Sie wiegte sich im Rhythmus und legte dann wie selbstverständlich den Kopf auf Karls Schulter und seufzte leise in sein Ohr.

Die Nacht hatte nun ihre Magie über den Park gebreitet und es war jetzt eine eigene Welt, fern von allem, unerreichbar für die Grauen, von überall her klang Musik, Gitarren- und Trommelklänge durchhallten das Dunkel, sphärische Gesänge und Lachen erfüllten die Luft, schwebten wie Verheißungen durch die leise im Wind rauschenden Blätter der freundlichen Bäume. Wolfgang, der Typ am Kocher, er war aus Wermelskirchen, hatte sich neben Karl niedergelassen und rollte einen Joint.

»Du bist gerade angekommen, wie findest du das hier?«

»Ich bin überwältigt, so hätte ich das nicht erwartet.«

Wolfgang grinste. »So ging's mir auch am Anfang, jetzt bin ich schon seit zwei Monaten hier.« Er nahm eine tiefen Zug und hielt Karl den Joint hin. »Hier, Mann, schwarzer Afghan, turnt unglaublich.«

Karl rauchte und wurde high; die Geräusche wurden weicher, strichen sanft an seinem Ohr vorbei, um sich dann in die Höhe zu schwingen, um zwischen den Blättern der Bäume zu verschwinden. Karl konnte sehen, wie die Äste leicht zitterten, wenn die Klänge sie berührten; die Luft war jetzt sämig, er konnte nach ihr greifen und sie fühlen, sie fühlte sich weich an, weich und irgendwie moosig; die Töne zogen auf phosphoreszierenden Bahnen durch sie hindurch, surften wie Schiffe auf ihr und hinterließen Furchen und Schneisen, die Karl erkennen konnte. Auch die Sterne waren näher gekommen, sie hatten ihre Himmelsbahn verlassen und sich niedergebeugt, sie waren jetzt direkt über den Baumkronen und Karl konnte sie leise miteinander wispern hören.

»Sieh nur«, flüsterte ein Komet und zuckte mit seinem

Schweif, »wie alle glücklich sind dort unten, das hab ich nicht gewusst.«

»Das sind auch nicht die normalen Menschen«, tadelte ihn ein hektisch blinkender Stern, »das ist eine ganz neue Spezies, das sind Hippies.«

»Ach so, man erfährt ja nichts, aber schau, sogar der Abendstern ist herabgestiegen.«

Und tatsächlich, dort über der knorrigen Platane stand die Venus und betrachtete schweigend das Geschehen, Karl konnte sie deutlich sehen.

»So, und nun denkst du, dass du es geschafft hast, einfach so!«, sprach's neben Karl. »Du denkst, man fährt in eine andere Stadt, raucht ein wenig Haschisch, lümmelt sich im Park mit hundert anderen Suchenden und das ist dann die Wahrheit, das ist alles, mehr Aufwand bedarf es nicht!«, echauffierte sich Hermann Hesse und war auch ein wenig zornig.

»Aber nein«, widersprach Karl, »es ist ja nur ein Anfang, allerdings ein wunderbarer, das muss ich schon sagen.«

»Das hast du also begriffen, dann wirst du weitergehen auf dem steinigen Weg der Menschwerdung, du wirst den Pfad nicht verlassen, das bist du mir schuldig, gerade du vom Bodensee, wo ich all die Mühe und Drangsal meiner Menschwerdung ertragen musste.«

»Ich werde weitergehen, das ist versprochen, jetzt drangsaliere mich nicht, bei mir läuft grad ein Film ab.«

»Dann ist es ja gut, ich verlasse mich auf dich!«, sagte Hermann Hesse und spannte seinen Regenschirm auf, denn nun fielen dicke Tropfen aus den Himmeln.

»Los, komm, wir legen uns unter die Brücke, beeile

dich, sonst gibt's keinen Platz mehr!«, rief Wolfgang aus Wermelskirchen und raffte seine Sachen zusammen, dann rannte er los und Karl rannte hinterher. Unter der Brücke war die Hölle los, alles, was Rang und lange Haare hatte, strömte herbei und rückte zusammen. Karl und Wolfgang aus Wermelskirchen hatten eine trockene Ecke gefunden und rollten ihre Schlafsäcke aus. Karl war müde wie ein Fernfahrer, immer mehr Hippies kamen, und zu Gitarrenklängen skandierte die wilde Meute »No rain, no rain« und wiegten damit den Hegauer in einen bleiernen Schlaf, und als er am Morgen irgendwann erwachte, sich gähnend aufrichtete, um sich zu orientieren, wo er war, da richtete sich ihm gegenüber ebenfalls ein Hippie auf und Karl sah eine schwarze Mähne, sah einen dunklen Räuberbart und sah direkt in die herausfordernden »Hallo Leben, hier bin ich!«-Augen von Theo.

***

Nun wurden die Tage herrlich, Freiheit wehte durch die Gassen der Stadt, strich über Grachten und Kanäle, ließ übermütig die Blätter der Bäume im musiktrunkenen Vondelpark erzittern. Auf den Wiesen, im Schatten der Büsche tummelten sich farbige Gestalten, Gitarren und Congas erklangen, Frisbeescheiben schossen durch die Luft, verfolgt von laut bellenden Hunden aller Rassen und Farben. Im Eingangsbereich des Parks tanzten orange gewandete Krischnajünger zum Klingen der Zimbeln und Schlagen der Tambourine. Freude, Liebe und Hoffnung war in vorstellbare Nähe gerückt.

Karl durchstreifte zusammen mit Theo und Janice

dieses Lichtermeer, in dem sich alle Farben spiegelten, außer der Farbe Grau. Die Amerikanerin war so, wie Theo sie in seinem Brief beschrieben hatte. Ein leuchtend lächelndes Mädchen, kein Anzeichen von Unmut oder Bosheit, ihr rundliches Indianergesicht, eingerahmt von langen schwarzen Haaren, verschönt von herrlich geschwungenen Augenbrauen, war stets freundlich und strahlend. Die beiden wollten noch ein, zwei Tage in Amsterdam verbringen und dann aufbrechen nach Griechenland.

»Janice hat Bekannte auf der Insel Kreta«, hatte Theo erzählt, »dort können wir erst mal bleiben, bis wir etwas Eigenes haben, eine kleine Hütte am Strand oder so; stell dir das vor, Mann, tagsüber werden wir in der Sonne liegen und im Meer schwimmen, wenn es abends dann kühl wird, entfache ich ein Feuer und brate uns ein Lamm. Die Sterne werden funkeln und das Meer wird rauschen, die Erhabenheit der kretischen Berge wird uns umgeben und alles wird sein wie in einem Traum.«

Er strich sich den Bart und seine Augen funkelten wild, und wie er so dasaß in seinem selbst genähten Poncho, die Beine mit den von Flicken übersäten Levis im Schneidersitz verschränkt, den stechenden Blick in eine imaginäre Weite gerichtet, da sah er jetzt schon aus wie ein Eremit, der dort irgendwo an einem menschenleeren Strand lebt.

»Das ist die wahre, die wirkliche Freiheit, die ich suche, nicht dieses Pfadfinderspiel wie hier im Park, verstehst du, dafür hab ich Urmel und Co. jahrelang ertragen.«

»Meinst du nicht, dass dir langweilig wird, so allein in der Wildnis?«

Da lachte er laut, das Schlitzohr.

»Ich hab ja Janice dabei und ein kleiner Abstecher in die Stadt ab und zu ist wohl auch drin.«

Und Janice lächelte ihr Inkalächeln, und im Park wurde es langsam ruhiger und die Nacht zog weiter zu dem Ort, an dem sie sich mit dem Morgen trifft, und als aschfahles Morgengrauen von den Himmeln träufelte, schliefen Karl und Janice eingerollt in ihren Schlafsäcken, und nur Theo war noch wach und saß bewegungslos mit leuchtenden Augen.

***

Grau. Himmel, Erde, Stadt. Alles grau. Regen floss wie Verzweiflung vom Himmel. Tropfen wie gläserne Perlen, stetig rauschend. Amsterdam war wie geflutet, das Kopfsteinpflaster schimmerte wie lackiert, Regentropfen hüpften fröhlich auf den eisernen Geländern der Brücken, prasselten klatschend in die schwarzen Wasser der Grachten. Der Vondelpark war ein feuchtes Biotop. Karl war genervt, alles war nass, sein Schlafsack, seine Kleider, ja, selbst seine Unterhose war klamm. Und müde war er, so müde; drei Nächte hatten er und Wolfgang unter der Brücke verbracht, zusammen mit hundert anderen, die genauso nass und genervt waren wie die beiden. Jede volle Stunde kam ein Mannschaftswagen der Polizei angefahren, bremste vor der Brücke und aus seinem Inneren ergossen sich die Dämonen der holländischen Nacht. Mit Trillerpfeifen und Schlagstöcken bewehrt fielen sie über die schlafenden Freaks her. Denn es gab da eine sehr merkwürdige Regelung. Sitzen unter der

Brücke war erlaubt, liegen und schlafen war verboten. Warum? Niemand wusste warum. So durchpflügten die Beamten das Lager der Schlafenden, rüttelten an traumverhangenen Schultern, schrillten Trillerpfeifen in wehrlose Ohren und verhafteten jene, denen es nicht gelang, rechtzeitig wach zu werden. Wächter der Nacht, graue Gestalten. Karl und Wolfgang wechselten sich ab, der eine schlief, der andere wachte. Drei Tage ging das so, und der Regen ließ kein Einsehen erkennen. Theo und Janice waren weg, aufgebrochen zu Theos großem Traum. Am letzten Abend hatte Theo noch geschwärmt, hatte imaginäre Strände vor seinem geistigen Auge entstehen lassen, hatte in zukünftigen Sonnenuntergängen geschwelgt.

Und nun das – Amphibienwetter.

Doch diesen Abend kam Wolfgang aufgeregt zu Karl gelaufen, hinter ihm tauchte eine Gestalt auf, wie sie bizarrer nicht sein konnte. Die Statur so schmal und filigran wie eine chinesische Vase, tief in ihren Höhlen verborgene Augen, die dürren Arme seltsam vernarbt, lange ölige Haare an einem knochigen Gesicht, über das sich eine fahle, gelbliche Haut spannte. Der Blick – stechend.

»Das ist Joe, er lebt in einem besetzten Haus, nicht weit von hier, wir können mit, er hat uns eingeladen, es gibt noch freie Räume, Mann, endlich trocken, pack dein Zeug zusammen, wir kommen raus aus dem Siff!«

Wolfgang war wie aufgedreht. Karl war alles recht, nur weg hier.

Joe ging nicht, er schlich, schlich durch enge, müll-übersäte Gassen, überquerte Brackwasser, blinkende

Grachten, es stank, die Luft war Fäule. Irgendwann erreichten die drei eine Gasse, in der es nach Verwesung roch, nach Tod. Ratten?! Ratten huschten über Berge angeschwemmten Mülls, schwarzes, öliges Wasser moderte in den Grachten.

»Na, also, ich weiß nicht«, murmelte Karl, doch Wolfgang winkte nur ab.

»Stell dich nicht so an.«

Das »Haus« war von außen mit Graffiti beschmiert, stand schief und sah aus, als ob es jeden Moment einstürzen würde. Ein dunkler, vermüllter Gang führte ins Innere. Auf dem Boden lagen vergammelte Milchtüten, faulendes Papier und leere Spritzen.

»Sucht euch ein freies Zimmer, Peace!«, flüsterte Joe und verschwand.

»Na ja, das Krasnapolski ist es nicht, was soll's!«, grinste Wolfgang.

Die Zimmer hatten keine Türen, alles war düster und wie erstarrt, Karl war unwohl. Die beiden gingen den Gang entlang, um ein freies Zimmer zu finden. In einem Raum lagen Matratzen, ein Campingkocher stand in der Mitte, auf dessen Flamme sich mehrere Gestalten ihr Heroin aufkochten. Im Zimmer daneben lag ein Mädchen wie tot auf einer Matratze, nur mit einem T-Shirt und einer Unterhose bekleidet. Der Typ, der neben ihr saß, grinste Karl an, dann zog er dem Mädchen den Slip aus.

»Willst du sie ficken, zwanzig Gulden, sie wehrt sich nicht!«, sabberte er.

Karl schüttelte den Kopf und floh.

»Also auch hier«, dachte er brennend, »auch hier sind

sie, die Grauen, hier haben sie sich nur verkleidet, sie sind überall, überall!«

Ein flüchtiges Gefühl von Traurigkeit ergriff wie eine geballte Faust sein Herz, schüttelte es kurz und zog dann siegesgewiss lächelnd von dannen.

»Siehst du«, sagte Hermann Hesse, der an einem Türpfosten lehnte, »die Welt ist ein magisches Theater, Eintritt nur für Verrückte.«

»Ach du«, antwortete Karl, »ach du.«

»Komm schon, Mann, wenigstens sind wir hier im Trockenen!« Wolfgang breitete seinen Schlafsack in einer dunklen Ecke aus.

»Das sind alles Junkies hier, die nehmen nur harte Drogen, damit will ich nichts zu tun haben.«

»Ach was, Drogen gehören zur Menschheit von Anfang an, die Indianer haben Peyote genommen oder Cocablätter gekaut, die Franzosen haben sich später mit Absinth um den Verstand gesoffen, die Fünfzigerjahre, Beatgeneration, sich mit Benzedrin angeturnt und jetzt ist es eben Haschisch, LSD und Heroin, was soll's.«

»Na, wenn du es so siehst, aber wie viele sind daran zerbrochen!«

»Die Menschen haben eben immer versucht, ihren Geist mit Halluzinogenen anzutreiben, und bestimmt sind viele daran zerbrochen, aber eigentlich ist es ja scheißegal, woran man draufgeht, die meisten sind ganz einfach am Leben selbst verzweifelt.«

***

Die frühe Morgensonne schien schüchtern durch nur zögerlich weichende Wolkenschwaden. Die Bäume im Vondelpark dampften, alles roch nach Frische und Erneuerung. Von den Ästen tropften sanfte Melodien. Karl erwachte und spürte reine, klare Luft in seinen Lungen. Er raffte seine Sachen zusammen und verließ den Busch, in den er geflohen war aus diesem Haus der Entwürdigung des Menschen. Scheu blickte er sich um, doch Hermann Hesse war nirgendwo zu sehen.

»Gott sei Dank, noch 'ne Moralpredigt könnte ich jetzt nicht ertragen.«

Irgendwie war alles anders an diesem Morgen, es war ein wenig so, als hätte sich ein Schleier gehoben, als wäre Nebel verdampft und hätte reine Luft geboren. Karl sah klarer, war wacher als die Tage davor. Er schlenderte durch den Park, registrierte all den Müll, den die Hippies achtlos liegen ließen, sah die Freaks von ihrem morgendlichen Diebeszug am Markt zurückkehren, ging an der Toilettenanlage vorbei, in der die Drogendealer ihre Geschäfte abwickelten, und weil er das alles in seinem Enthusiasmus noch nie so wahrgenommen hatte, wurde er traurig, ja fast verzweifelt, weil er sah, dass Hermann Hesse recht behalten hatte, ein magisches Theater, Eintritt nur für Verrückte. Dann lief er los, lief quer durch Amsterdam, vorbei am Dam, überquerte den Bahnhofsplatz, lief wie im Fieber, nein lief nicht, taumelte aus der Stadt, hatte nur den einen Gedanken, weg hier, dachte nur an grüne Blätter in flirrendem Sonnenschein, hörte stetiges Rauschen, nur unterbrochen vom heiseren Krächzen der schwarz gefiederten Quaken, wusste nun, endlich, wo Schutz und Sicherheit waren, im Hegau, im Schnaidholz, dort, wo der Herzschlag der Zeit sein Zuhause hatte.

***

Epilog

Es ward Abend. Karl durchschritt die lebenden Säulengänge des Schnaidholz. Seit zwei Wochen war er wieder zu Hause. Hermann Hesse war nicht wieder aufgetaucht.

»Er erscheint nicht mehr, weil er weiß, dass ich ihn hier nicht brauche«, dachte Karl.

Als er aus dem Schatten des Waldrandes trat, hatte die untergehende Abendsonne den Himmel hinter dem Hohentwiel in ein warmes chilifarbenes Orange getunkt, silberne Wolkenschlieren durchzogen in geraden, feinen Linien dieses Meer von Farbenpracht. Der Berg glühte in erhabener Schönheit, seine Mauern trug er wie einen Blütenkranz. Zur linken Hand erhob sich schattenbraun der runde Rücken des Roseneggs, vor dem das blinkende Band der Aach eilig seewärts floss. Die Silhouette des Hegaus war ein Rausch in Farben. Karl fühlte sich heiter und gelassen wie lange nicht. Ein Brief von Theo war gekommen.

Es ist herrlich hier, ich kann es kaum in Worte fassen, abends brennt der Himmel und Janice und ich sitzen mit einer Flasche Rotwein auf der Terrasse und sind high. Du musst kommen.
Love and Peace
Theo

»Vielleicht«, dachte Karl, »vielleicht hat Hermann ja recht (er nannte ihn inzwischen nur noch Hermann – wenn er sich schon in mein Leben einmischt, kann ich ihn ja wohl auch duzen), wenn er schreibt, dass man Weisheit nicht lehren kann. Möglicherweise ist es sinnlos, irgendwelchen Religionen oder Lehren anzugehören, wahrscheinlich gibt es nur den einzigen wahren Weg, den der Selbsterfahrung, selbst muss man leiden, lieben, sich freuen, verzweifelt sein, gut sein, böse sein, und alles zusammen ist man dann selbst. Wie hat es Hermann genannt? Den Fluss des Geschehens, die Musik der Welt. »Und wahrscheinlich«, dachte Karl beim Anblick des Hegaus in seinem Abendglanz, »wahrscheinlich ist es ganz egal, wo auf dieser Welt man sich befindet, die Wahrheit gedeiht im Innern, in einem selbst. So bin ich erst am Anfang eines langen Weges, möglicherweise muss ich ihn ein Leben lang gehen, mühsam, Schritt für Schritt, oft werd ich mich wohl verlaufen, muss dann wieder zurück zum Ausgangspunkt, und vielleicht auch werde ich das Ziel niemals erreichen, aber das macht ja nichts, wichtig ist nur eines – ich bin losgegangen.